AS VIDAS DOS SANTOS

LEIGH BARDUGO

ILUSTRAÇÕES DE DANIEL J. ZOLLINGER

Tradução Isadora Prospero

Planeta

minotauro

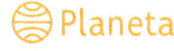

The Lives of Saints – © 2020 by Leigh Bardugo
Illustrations copyright © 2020 by Leigh Bardugo
Series Related Artwork™ © 2020 Netflix. Used with permission. All rights reserved.
Copyright © Editora Planeta do Brasil, 2021
Copyright da tradução © Isadora Prospero
Todos os direitos reservados.
Título original: *The Lives of Saints*

Preparação: Opus Editorial
Revisão: Audrya Oliveira e Andréa Bruno
Diagramação: Vivian Oliveira
Design original: Natalie C. Sousa
Ilustrações: Daniel J. Zollinger
Capa: Adaptada do projeto original de Fanni Demecs

DADOS INTERNACIONAIS DE CATALOGAÇÃO NA PUBLICAÇÃO (CIP)
ANGÉLICA ILACQUA CRB-8/7057

Bardugo, Leigh
    As vidas dos santos / Leigh Bardugo; tradução de Isadora Prospero. -- São Paulo: Planeta, 2021.
    136 p.

    ISBN 978-65-5535-520-8
    Título original: *The Lives of Saints*

    1. Ficção norte-americana I. Título II. Prospero, Isadora

21-3703   CDD 813.6

Índice para catálogo sistemático:
1. Ficção norte-americana

Ao escolher este livro, você está apoiando o manejo responsável das florestas do mundo

2021
Todos os direitos desta edição reservados à
Editora Planeta do Brasil Ltda.
Rua Bela Cintra, 986, 4º andar – Consolação
São Paulo – SP – 01415-002
www.planetadelivros.com.br
faleconosco@editoraplaneta.com.br

Àqueles que se mantêm leais às histórias.

SUMÁRIO

Sankta Margaretha 7
Santa padroeira dos ladrões e das crianças perdidas

Sankta Anastasia 13
Santa padroeira dos enfermos

Sankt Kho e Sankta Neyar 17
*Santo padroeiro das boas intenções
e santa padroeira dos ferreiros*

Sankt Juris da Espada 21
Santo padroeiro dos veteranos de guerra

Sankta Vasilka 25
Santa padroeira das donzelas

Sankt Nikolai 29
Santo padroeiro dos marinheiros e das causas perdidas

Sankta Lizabeta das Rosas 37
Santa padroeira dos jardineiros

Sankta Maradi 45
Santa padroeira dos amores impossíveis

Sankt Demyan da Geada 49
Santo padroeiro dos recém-falecidos

Sankta Marya da Rocha 53
Santa padroeira dos que estão longe de casa

Sankt Emerens 57
Santo padroeiro dos cervejeiros

Sankt Vladimir, o Tolo 61
Santo padroeiro dos afogados e das realizações improváveis

Sankt Grigori do Bosque 65
Santo padroeiro dos médicos e músicos

Sankt Valentin   69
Santo padroeiro dos encantadores de serpentes e dos solitários

Sankt Petyr   73
Santo padroeiro dos arqueiros

Sankta Yeryin do Moinho   77
Santa padroeira da hospitalidade

Sankt Feliks entre os Ramos   81
Santo padroeiro da horticultura

Sankt Lukin, o Lógico   85
Santo padroeiro dos políticos

Sankta Magda   91
Santa padroeira dos padeiros e das mulheres abandonadas

Sankt Egmond   97
Santo padroeiro dos arquitetos

Sankt Ilya Acorrentado   103
Santo padroeiro das curas improváveis

Sankta Ursula das Ondas   107
Santa padroeira dos que se perderam no mar

Sankt Mattheus   111
Santo padroeiro dos que amam e protegem os animais

Sankt Dimitri   117
Santo padroeiro dos estudiosos

Sankt Gerasim, o Incompreendido   121
Santo padroeiro dos artistas

Sankta Alina da Dobra   125
Santa padroeira dos órfãos e dos que possuem dádivas desconhecidas

O Santo sem Estrelas   131
Santo padroeiro dos que buscam a salvação nas trevas

Santo do Livro   135

SANKTA MARGARETHA

Como ocorre às vezes em Ketterdam, um demônio fixou residência em um dos canais, dessa vez sob uma ponte no distrito dos jardins. Era uma criatura medonha, cheia de garras, coberta de escamas brancas e com uma língua vermelha e comprida.

Todos os dias, crianças atravessavam a ponte a caminho da escola e depois novamente a caminho de casa, seguindo lado a lado em duas filas. Elas não sabiam que um demônio tinha vindo morar na cidade, então riam e cantavam sem se preocupar com a atenção que poderiam despertar.

Um dia, a caminho da escola, quando as crianças saíram da ponte e pisaram sobre os paralelepípedos, ouviram uma voz sussurrar com doçura:

— Jorgy, Jorgy, você vai ser o primeiro.

De fato, havia um garoto chamado Jorgy entre elas, que foi alvo de muita chacota quando ouviram a voz cantarolando, mas ninguém pensou muito a respeito do caso. A voz continuou sussurrando o dia todo, acompanhando as crianças nas aulas e enquanto brincavam:

— Jorgy, Jorgy, você vai ser o primeiro.

Mas nada aconteceu, então as crianças voltaram para casa em suas duas filas ordenadas, fazendo brincadeiras e dando risadinhas enquanto atravessavam a ponte.

Quando chegaram do outro lado, Jorgy não se encontrava em lugar algum.

— Mas ele estava bem aqui! — exclamou Maria, que tinha caminhado ao lado do pobre Jorgy.

As crianças correram para casa e contaram aos pais, mas ninguém deu atenção quando descreveram a voz sussurrante. As famílias procuraram em toda parte, percorrendo o canal de um lado ao outro, mas não havia sinal de Jorgy. Tinham certeza de que algum louco ou criminoso era responsável pelo desaparecimento, então postaram guardas em toda a rua.

No dia seguinte, a caminho da escola, Maria ficou com medo de atravessar a ponte. Então ouviu uma voz dizer:

— Não se preocupe. Vou segurar a sua mão e ninguém vai levar você.

Ela achou que fosse sua amiga Anna, então estendeu a mão para tomar a dela. No entanto, quando chegaram ao outro lado da ponte, Maria viu que sua mão estava vazia e que Anna tinha sumido. As crianças choraram e gritaram por ajuda, e seus professores e pais vasculharam todas as ruas e canais. Anna não foi encontrada.

Novamente, as crianças contaram aos pais sobre a voz sussurrante, mas todos estavam preocupados demais para escutar. Em vez disso, dobraram o número de guardas.

No dia seguinte, as crianças seguiram em silêncio para a escola, amontoando-se num grupo apertado quando se aproximaram da ponte.

— Mais perto, mais perto — sussurrou o demônio.

Entretanto, em um apartamento acima de uma joalheria, Margaretha observava da janela. Seu pai vendia todo tipo de coisas belas na loja abaixo, muitas delas concebidas por Margaretha. Ela tinha um dom para criar detalhes delicados, e as gemas que incrustava eram mais brilhantes e translúcidas do que quaisquer outras.

Naquela manhã, enquanto trabalhava num quadrado de luz do sol junto à janela, viu o demônio saltar como um fio de fumaça para agarrar a pequena Maria. Margaretha deu um grito para a coisa vil e, sem pensar, pegou uma safira e a jogou contra a criatura.

A luz refletiu e explodiu na joia que voava em arco, fazendo-a reluzir como uma estrela cadente. O demônio ficou hipnotizado. Largou sua presa abruptamente e pulou no canal para caçar a linda joia. Maria voltou correndo pelos paralelepípedos. Tinha o traseiro dolorido e um joelho arranhado, mas correu para a escola junto com os outros alunos, sã e salva, grata por ter sido poupada.

Margaretha tentou contar aos amigos e vizinhos o que vira. Eles escutaram com atenção, pois ela era uma jovem sensata que não era dada a fantasias, mas ninguém acreditou realmente no estranho relato; concluíram que ela devia estar com febre e recomendaram que se recolhesse à sua cama.

Ela realmente subiu para o quarto, mas ali sentou-se à sua mesa para vigiar a ponte. Na manhã seguinte, quando o demônio tentou agarrar Maria de novo, Margaretha lançou um grande pingente de esmeralda no canal. O demônio jogou Maria contra um portão e pulou na água para recuperar a joia.

Margaretha sabia que a situação não podia continuar assim: um dia ela seria lenta demais e o demônio levaria outra criança. Então pôs sua mente para trabalhar. Passou a noite inteira criando uma joia extraordinária, um broche de diamante tão pesado que ela mal conseguia erguê-lo. Quando despontou a aurora, usou uma polia com manivela para levantar o broche de sua mesa e estendê-lo para fora da janela, até que a joia ficou suspensa sobre o canal, esticando a corda que a segurava. Na loja abaixo, os clientes do pai se perguntavam o que seriam aqueles sons que vinham do andar de cima, mas, com crianças desaparecendo por todo canto, tinham outras coisas com que se preocupar.

Dessa vez, quando as crianças se aproximaram da ponte, Margaretha estava a postos. Assim que o demônio pulou, ela soltou a corda. O broche mergulhou no canal com um grande borrifo d'água, mas até o breve vislumbre que o demônio teve dele foi suficiente para enlouquecê-lo de desejo.

Lá foi ele com um mergulho nas águas escuras, todos os pensamentos de crianças a serem devoradas abandonados, suas garras estendidas para pegar o diamante no fundo do canal. Mas o broche era pesado demais para ser erguido. Qualquer pessoa com juízo teria deixado a joia ali, mas os demônios não têm juízo – só apetite. Ele vira o cintilar do broche enquanto caía e soube que aquela gema era mais bela e necessária do que qualquer outra que já encontrara.

O demônio morreu engalfinhando-se com o broche, e seu cadáver flutuou até a superfície do canal. O Conselho de Mercadores o esfolou e usou sua pele como uma toalha de altar na Igreja da Permuta.

Dizem que, muitos anos depois, quando a grande seca veio e os canais se esvaziaram, um tesouro em joias foi encontrado no fundo do canal, incluindo um broche tão pesado que ninguém conseguia erguê-lo, e, por baixo da pilha de gemas, um amontoado de ossos de crianças.

Todo ano, lanternas são acesas ao longo do canal e preces são entoadas a Margaretha, a santa padroeira dos ladrões e das crianças perdidas.

SANKTA ANASTASIA

Anastasia era uma garota devota que morava no vilarejo de Tsemna. Conhecida por sua grande beleza, tinha cabelos ruivos lustrosos como um campo de papoulas florescentes e olhos verdes que brilhavam como vidro polido. Era isso que os habitantes do vilarejo comentavam quando a viam no mercado, sussurrando que era uma pena que Anastasia passasse todo o seu tempo acendendo velas na igreja para a pobre mãe falecida e cuidando do pai idoso na casinha triste em que moravam. Uma jovem como ela deveria ser vista e celebrada, diziam, e alertavam que ela envelheceria antes do tempo.

Mas os moradores perderam o gosto pela fofoca quando Tsemna foi acometida pela praga da tísica. Não tinham mais forças para ir ao mercado e até deixaram de frequentar a igreja – só jaziam na cama, derrubados pela febre. Nenhuma comida atiçava seu apetite e, quando eram alimentados à força, apenas definhavam e por fim morriam.

Anastasia não adoeceu. Seu pai, com medo de que os vizinhos a considerassem uma bruxa, manteve a filha em casa, escondendo seu corpo robusto e suas faces coradas. Mas um dia ele não levantou da cama e recusou-se a comer carne, pão e todas as outras iguarias que Anastasia lhe preparara.

Então, quando Anastasia se ajoelhou ao lado da cama e rezou aos santos para que a vida do pai fosse poupada, uma voz falou com ela. Quando se levantou, ela sabia o que fazer. Encontrou a faca mais afiada da mãe, fez um corte comprido e fino ao longo do braço e preencheu uma vasilha com seu sangue. Levou-a aos lábios do pai e mandou-o beber.

— O que é esse aroma delicioso? — exclamou o pai. — É como perdiz com a pele crocante e vinho quente com especiarias!

Ele bebeu o sangue da filha avidamente, e logo suas faces estavam coradas e a peste tinha deixado seu corpo. Uma criada observara todo o processo e rapidamente espalhou-se a notícia de que o sangue de Anastasia continha propriedades curativas.

Os moradores do vilarejo vieram bater à casa, seguidos por habitantes das cidades vizinhas. O pai de Anastasia implorou à filha que tivesse juízo e barrasse a porta, mas ela se recusava a mandar qualquer pessoa embora. Seu sangue era recolhido em pequenas vasilhas — de seus pulsos, braços, tornozelos — e levado aos doentes, que bebiam e se curavam. Quando Anastasia descobriu que havia pessoas fracas demais para vir suplicar por seu sangue, pediu que fosse levada numa carroça para os campos, de vilarejo em vilarejo, para fazendas e cidades. Foi ficando cada vez mais fraca até que, finalmente, em Arkesk, as últimas gotas de seu sangue pingaram em um cálice sedento, e seu corpo tornou-se uma casca que foi soprada pelo vento.

Sankta Anastasia é conhecida como a santa padroeira dos enfermos e é celebrada todos os anos com pequenas vasilhas de vinho tinto.

SANKT KHO E SANKTA NEYAR

Muito tempo atrás, antes da época das rainhas Taban, Shu Han era governado por um rei cruel e incompetente. Suas muitas guerras tinham deixado as tropas reduzidas e o país vulnerável; esgotou-se o contingente de alistáveis e não havia mais soldados para preencher as fileiras do exército. O rei reuniu seus conselheiros, mas tudo que podiam fazer era preparar-se para a chegada do inimigo.

Um relojoeiro chamado Kho, que morava à sombra do palácio, jurou empregar cada gota de suas habilidades para ajudar a proteger o reino. Ele trabalhou a noite toda, amarrando osso a metal, atando tendões a engrenagens. Pela manhã, dispostos em linhas ordenadas, com botas e botões cintilando, havia um batalhão de soldados de metal em posição de sentido. Quando o inimigo lançou seu ataque à capital, o batalhão de autômatos marchou para o combate. Esses soldados nunca se cansavam. Nunca sentiam fome. Nunca diminuíam o ritmo. Lutaram sem parar até que o último dos soldados inimigos estivesse morto.

Mas o rei não os deixou parar. Ele mandou o batalhão para reivindicar territórios aos quais não tinha direito e, se o povo que lá habitava protestasse, ele ordenava a seus soldados de metal que silenciassem a resistência ao seu governo. O batalhão continuou marchando em frente, matando todos que ousavam desafiá-lo, devastando cidades sob o comando do rei. Marcharam até suas roupas ficarem puídas e suas botas, reduzidas a pó. Mas nem assim pararam.

Por fim, até o rei se cansou das conquistas e ordenou que as tropas de autômatos parassem. Mas elas não pararam. Talvez o relojoeiro não tivesse criado ouvidos sensíveis o suficiente para escutar as ordens do rei. Talvez os soldados simplesmente não se importassem. Talvez suas engrenagens girassem mais suavemente com sangue para umedecer seus dentes. Ou talvez eles não pudessem parar – haviam sido criados para destruição e não tinham escolha, exceto cumpri-la.

No topo de uma colina, a filha de um nobre observava o batalhão se aproximar de sua cidade. Como Kho, Neyar jurou empregar cada gota de suas habilidades para proteger seu povo. Então foi à ferraria da família e forjou uma lâmina tão afiada que era capaz de fatiar sombras, e tão forte que ria do aço. Neyar sussurrou preces sobre o metal e percorreu a longa estrada até os muros da cidade. Lá, enfrentou o batalhão de autômatos. Por três dias e três noites, Neyar lutou contra os soldados imbatíveis, sua lâmina brilhando tão forte que as pessoas que assistiam juravam que ela tinha um raio na mão.

Finalmente, o último soldado caiu em uma pilha de sangue e engrenagens quebradas, e Neyar abaixou sua arma. Depois, ela exigiu que o rei irresponsável que os comandava abdicasse de sua coroa. Covarde até o fim e sem soldados para defendê-lo, o rei fugiu do país, e Shu Han tem sido governado por rainhas desde então. A espada foi chamada *Neshyenyer*, a Incansável, e ainda pode ser vista no palácio de Ahmrat Jen. Sua lâmina nunca enferrujou.

Sankt Kho é conhecido como o santo padroeiro das boas intenções, e Sankta Neyar, como a santa padroeira dos ferreiros.

SANKT JURIS
DA ESPADA

Em uma das muitas guerras de Ravka, um general marchou seu exército até o território inimigo, confiante em uma vitória rápida. Mas o tempo tinha outras ideias. O vento rasgou os casacos finos dos soldados com garras frias. A neve se infiltrou no couro das botas, e seus suprimentos foram minguando. O inimigo não se deu ao trabalho de lutar — apenas se escondeu entre as rochas e árvores, derrubando os homens do general com rajadas de tiros, e esperou que o inverno concluísse o serviço.

Logo o exército era menos um corpo de homens do que um esqueleto de membros frouxos, cambaleando da aurora ao crepúsculo. O general engoliu seu orgulho e ordenou uma retirada, mas àquela altura a última passagem nas montanhas que os levaria para casa estava bloqueada com neve. Os soldados acamparam da melhor forma possível. A noite se fechou ao redor deles como um punho, e suas fogueiras chispavam como se tivessem dificuldade para respirar.

O general se revoltou contra a sua sorte. Se o inverno não tivesse chegado tão cedo… Se o inimigo não estivesse preparado… Se a passagem não estivesse bloqueada… Ele amaldiçoou o destino e disse a seus homens que, se morressem naquela noite, levados pelo frio, seria porque tinham sido abandonados pelos santos cruéis e desalmados.

— Onde está Sankta Yeryin para nos alimentar? Onde está Sankt Nikolai para nos guiar para casa? Estão seguros e aquecidos em algum lugar, rindo de seus filhos errantes.

Alguns homens concordaram. Desdenharam dos nomes dos santos e cuspiram na neve. Porém, em uma tenda, seis soldados se reuniram, curvaram a cabeça e rezaram ao santo que acreditavam tê-los mantido vivos até então: Sankt Juris, padroeiro dos veteranos de guerra, o guerreiro que havia derrotado um dragão por meio de força e esperteza, que conhecia o sofrimento das longas noites em um cerco e que poderia ouvir as súplicas dos soldados comuns.

Tremendo em seus cobertores puídos, os seis soldados ouviram um bater de asas distante e sentiram a terra ressoar gentilmente abaixo deles. Então ergueu-se do chão uma lufada de ar quente, uma exalação de calor, como se a montanha não fosse mais rocha e neve, e sim uma fera vivente, um dragão com hálito de fogo. Caíram em um sono profundo, seus corpos quebrados aquecidos pela primeira vez em meses.

Quando acordaram, descobriram que o general e os outros homens tinham morrido congelados durante a noite. A neve que bloqueava a passagem da montanha havia derretido e flores de amaranto ladeavam o caminho, suas longas folhas como línguas de chama vermelhas guiando os soldados de volta para casa.

Todo ano, no dia do santo, as pessoas honram Juris prendendo ramos de amaranto vermelho nas portas e recebendo soldados e veteranos em casa.

SANKTA VASILKA

Vasilka era uma tecelã talentosa que morava em uma torre alta no topo de uma escada em caracol. O cômodo onde trabalhava com o tear era cercado por janelas que o preenchiam com luz do sol brilhante em todas as horas do dia. Lá, ela criava tecidos tão leves quanto fumaça e com estampas de infinita complexidade. Qualquer fio que tocasse parecia se iluminar em seus dedos.

Um homem que alegava ser um feiticeiro ouviu falar de seu dom e suspeitava que ela usasse algum tipo de magia legítima que ele pudesse roubar. Viajou até a torre de Vasilka e, na base, encontrou o pai dela cuidando do jardim. O feiticeiro não falou sobre o talento de Vasilka nem que pretendia encomendar uma fina tapeçaria, mas sim de sua solidão e seu desejo de sentar-se e conversar um pouco com a jovem misteriosa.

Havia tempos que o pai de Vasilka abandonara qualquer esperança de que alguém desejasse se casar com sua filha estranha e solitária, e, embora o trabalho dela sustentasse a ambos, queria que ela encontrasse um companheiro e formasse a própria família. Então conduziu o homem aparentemente gentil escada acima e deixou-o sentar-se ao lado de Vasilka enquanto ela trabalhava no tear.

O feiticeiro falou sobre o tempo, suas viagens, as peças de teatro a que assistira, em um fluxo de conversação confortável como o murmúrio de um riacho, pretendendo embalar Vasilka até que ela revelasse seus segredos. De vez em quando, ele discretamente introduzia uma pergunta sincera na corrente gentil de palavras.

— Como o seu fio é mais brilhante do que o de qualquer outro tecelão? — ele perguntou uma hora.

— Acha que é? — Vasilka respondeu, acrescentando uma meada cobre no tecido que estava tramando, sua cor tão radiante que parecia queimar-se e fundir-se à estampa.

Depois de um tempo, ele tentou de novo.

— Como cria as estampas com tamanho encanto?

— Acha que são encantadoras? — foi tudo que Vasilka respondeu, terminando uma fileira ordenada que poderia ser a borda sedosa de uma pena.

O feiticeiro cantarolou um pouco, olhando para fora de uma das muitas janelas. Encheu o copo de Vasilka com água e os ouvidos dela com fofocas divertidas e histórias sobre animais falantes. Então perguntou:

— Por que as cores de suas tapeçarias nunca desbotam?

— Não desbotam? — ela perguntou, escolhendo um fio muito resistente de lã, tão forte que seria capaz de suportar qualquer peso. — Nunca as vejo depois que saem deste cômodo.

A cada pergunta que o feiticeiro fazia, Vasilka respondia com uma indagação própria, até que ele ficou frustrado e furioso, sua paciência se esgotando.

— Venha morar comigo e seja minha esposa — exigiu o feiticeiro, por fim. — Vou ensinar a você todos os modos como pode usar seu dom e vamos dominar todas as criaturas inferiores. Rejeite-me e eu a empurrarei desta torre. Pode fazer suas perguntas tolas enquanto cai para a morte.

Mas, durante todo o tempo que passara falando, o feiticeiro não tinha se dado ao trabalho de ver o que Vasilka tecia: um grande par de asas. Só pôde assistir quando ela as encaixou nos braços e saltou da torre. A jovem saiu voando em penas douradas que refletiam a luz em seus fios cintilantes e pareciam atear fogo às últimas réstias do sol da tarde.

Dizem que ela se tornou o primeiro pássaro de fogo e é a santa padroeira das donzelas.

SANKT NIKOLAI

Um capitão se lançou ao mar com sua tripulação e, graças à sua boa liderança e ao talento dos marinheiros, o navio se tornou conhecido como o mais veloz e o mais lucrativo a cruzar o oceano. A embarcação entrava e saía de portos e enseadas, desviando de rochedos e geleiras, uma dançarina sobre as ondas. Mas o capitão se tornou orgulhoso e a tripulação, gananciosa, até que começaram a ignorar tanto o bom senso como a cautela.

— Que vento ousaria virar este navio? — o capitão gritava para os céus.

Havia um garoto na tripulação, um marinheiro habilidoso apesar da pouca idade, que tinha aprendido a manusear as redes e o cordame e escalava os mastros destemidamente. Ele receava que o orgulho do capitão fosse ofender os santos. Contudo, ao que parece, o capitão tinha razão: não foi o vento que reivindicou seu navio. Foi o gelo.

Nas águas traiçoeiras da Rota dos Ossos, o capitão manobrava a embarcação esguia para bolsões de peixes em paragens tão ao norte que ninguém mais ousara se aventurar ali. Embora o ano já estivesse terminando, ele insistiu que podiam fazer uma última viagem para encher as redes com bacalhau antes do inverno. O navio seguiu tranquilamente pelas águas, os ventos tão favoráveis que pareciam atender aos caprichos do capitão. Mais tarde, os marinheiros se perguntariam se o tempo os estivera atraindo para o norte.

Eles imbicaram em uma enseada numa costa de rochedos negros e se acomodaram para a noite, preparados para pescar à primeira luz do dia e então voltar para casa. De manhã, porém, os homens acordaram e viram que o mundo se tornara branco. O mar tinha congelado ao redor do navio, deixando-os presos. Os ventos sopravam e as velas inflavam, mas o navio não se movia.

— Alguém tem que explorar a terra em busca de alimento ou abrigo — disse o capitão.

A tripulação sabia que estavam longe demais para encontrar ajuda e que deixar o navio era certamente uma loucura e poderia muito bem significar a morte. Então mandaram o garoto – o menor e mais jovem entre eles – para a neve.

O nome do garoto era Nikolai, e ele sempre tinha amado o mar e os santos. Como o mar o tinha encalhado, esperava que os santos o protegessem e, enquanto marchava na terra fria, entoava suas preces como uma canção de marinheiro. Por fim, chegou a um afloramento rochoso alto e cinzento que parecia uma serpente adormecida ao sol, embora não houvesse sol a ser visto. Ali, encontrou uma rena esperando. Com o hálito criando nuvens de fumaça no ar, a criatura bateu os cascos no chão e abaixou a grande cabeça. Após um segundo de hesitação, Nikolai montou em seu dorso.

O animal o levou para uma floresta onde as árvores pareciam feitas de gelo e as folhas prateadas nos galhos prateados tilintavam como taças batendo umas nas outras em um jantar elegante, e, embora o vento soprasse com força, Nikolai se agarrou firmemente ao pescoço da rena e sentiu apenas calor.

Por fim, eles chegaram a uma clareira no bosque e lá o garoto encontrou um banquete disposto ao lado de uma fogueira crepitante. Havia um pequeno abrigo e, dentro dele, ao lado de uma pilha alta de cobertores grossos, Nikolai descobriu um par de botas forradas com pele e um par de luvas de lã. Ele as vestiu e descobriu que serviam perfeitamente.

Por educação, ele esperou para ver se o anfitrião apareceria. Mas o tempo foi passando e sua barriga roncava, e os únicos sons eram o crepitar do fogo e a rena que bufava no ar frio.

Então Nikolai começou a bebericar de uma concha de sopa apimentada com pedaços fartos de peixe. Comeu de uma bandeja repleta de fatias suculentas de carne assada, bolinhos amanteigados cobertos de creme, maçãs cozidas e ameixas cristalizadas que cintilavam como ametistas gordas. Bebeu vinho quente até que, com a barriga cheia, caiu num sono profundo.

Na manhã seguinte, criou um saco a partir de um dos cobertores e o encheu com toda a comida restante que conseguiu carregar. Montou no dorso da rena e ela o transportou por muitos quilômetros até a rocha da serpente, onde Nikolai desmontou, agradeceu à criatura e seguiu para o navio a pé.

O capitão e a tripulação ficaram chocados ao ver a figura diminuta de cabelo dourado aproximando-se através do gelo. Pensavam que ele devia ter morrido, pois quem poderia sobreviver à noite naquele ermo? Conforme o garoto se aproximava, eles esperavam encontrá-lo com os olhos ocos e definhando de fome e frio. Em vez disso, suas faces estavam rosadas, seus passos eram firmes e seus olhos, vívidos.

O garoto contou a eles a incrível história do que acontecera na noite anterior, mas, quando abriu o saco para lhes oferecer comida, só encontrou pedras e cinzas. Os marinheiros espancaram o menino por mentir, tomaram suas luvas e botas elegantes e, na manhã seguinte, o empurraram de volta para o gelo.

Novamente, ele caminhou até a rocha da serpente e, novamente, a rena estava esperando. Ele cavalgou o animal para dentro da floresta branca até chegar à clareira, onde o fogo crepitava e um banquete alegre estava disposto mais uma vez. Um casaco de lã vermelho forrado com pele estava perfeitamente dobrado sobre a pilha de cobertores, junto com outro par de botas e outro par de luvas. O garoto não sabia o que pensar, mas a comida era tão real quanto ele lembrava. Dessa vez, ele comeu ganso com mel e uma calda de frutas vermelhas tão azeda que sua língua pinicou enquanto o suco lhe escorria pelo queixo. Então se embrulhou nas roupas quentes e dormiu serenamente a noite toda.

Mas, quando retornou ao navio no dia seguinte, o saco que carregava estava outra vez cheio de pedras e cinzas. A tripulação o espancou com crueldade e mandou-o novamente de volta ao gelo.

Continuaram assim e, à medida que o tempo passava, os homens começaram a definhar e o garoto, a ficar cada vez mais forte e robusto. Os olhos dos marinheiros ficavam mais selvagens a cada dia, e a fome se tornava menos uma necessidade do que uma obsessão. Certa manhã, os homens tentaram seguir Nikolai, mas, assim que avistaram a rocha na forma de serpente, sobreveio uma tempestade de neve. Eles vagaram em círculos o dia todo e a noite toda, e voltaram ao navio ainda mais famintos e furiosos que antes.

Logo uma ideia foi murmurada entre os homens: e se eles devorassem o garoto? Quem iria saber? Ele era gordo e sadio, com as faces rosadas; poderia alimentar a todos por uma semana, talvez mais, tempo suficiente para chegar um resgate ou para o frio amainar.

O garoto ouviu esses murmúrios e estremeceu em seu leito. Assim que amanheceu, saiu correndo pela neve. Dessa vez, ao encontrar a rena, sussurrou no ouvido dela todos os seus temores e preocupações, mas o animal não tinha nada a responder.

Novamente, o garoto sentou-se junto ao fogo, embora não tivesse muito apetite para a bela refeição disposta à sua frente. Ele comeu um pouco de torta de ovo de codorna e uma única ameixa açucarada, e rezou para que os santos o protegessem, porque não queria ser devorado.

No dia seguinte, acordou e viu que estava suando sob os cobertores. O sol batia pesado e escaldante em seu pescoço, enquanto a rena o carregava de volta à rocha da serpente. E, como era de esperar, o gelo suspirou e rachou assim que ele pôs o pé no navio. O barco balançou, o vento inflou as velas e o navio se libertou.

A princípio, os marinheiros comemoraram; toda hostilidade desapareceu com o retorno da brisa. No entanto, conforme se aproximavam de casa, passaram a confabular entre si, perguntando-se o que aconteceria se o garoto contasse a alguém como tinha sido tratado no navio e como eles tinham quase recorrido ao canibalismo. Começaram a pensar que talvez fosse melhor o garoto não chegar em casa, e logo tentaram garantir que não chegasse. Porém, toda vez que erguiam suas facas, os ventos paravam de soprar, imobilizando o navio e deixando suas velas flácidas como folhas murchas. Dessa forma, Nikolai sobreviveu à viagem.

Quando o navio finalmente chegou ao porto, os marinheiros foram recebidos por uma multidão espantada. Seus compatriotas imaginaram que eles tinham naufragado e perecido havia muito tempo. A tripulação elogiou a engenhosidade do capitão e disse que todos eles tinham se unido com coragem e determinação – todos, exceto o jovem Nikolai, em quem não deveriam acreditar não importassem as histórias horríveis que contasse. Nikolai não disse nada, apenas correu até a primeira igreja onde pudesse oferecer preces em agradecimento.

O capitão e a tripulação receberam medalhas e foram proclamados heróis, sendo convidados às melhores casas e homenageados com jantares e festas. Atraídos pelos aromas de dar água na boca e os banquetes suntuosos oferecidos, repetidamente tentaram comer, mas nenhum deles conseguia dar mais que uma mordida. Cada bocado tinha o gosto de pedra e cinzas. Um a um, os homens definharam e morreram, desesperados por apenas uma colherada de molho, apenas um gole de vinho.

Quanto a Nikolai, ele guardou seu belo casaco vermelho e o saco que usara para tentar levar comida à tripulação, e toda manhã acordava e encontrava o saco cheio de doces e iguarias. Então passou a viajar de um vilarejo a outro e de uma casa a outra, oferecendo banquetes para os famintos mesmo quando o mundo estava mais gelado, mesmo quando o vento uivava e a neve se acumulava espessa sobre a terra.

Ele é conhecido como o santo padroeiro dos marinheiros e das causas perdidas, e é tradicional arrumar-lhe um lugar à mesa na noite mais escura do ano.

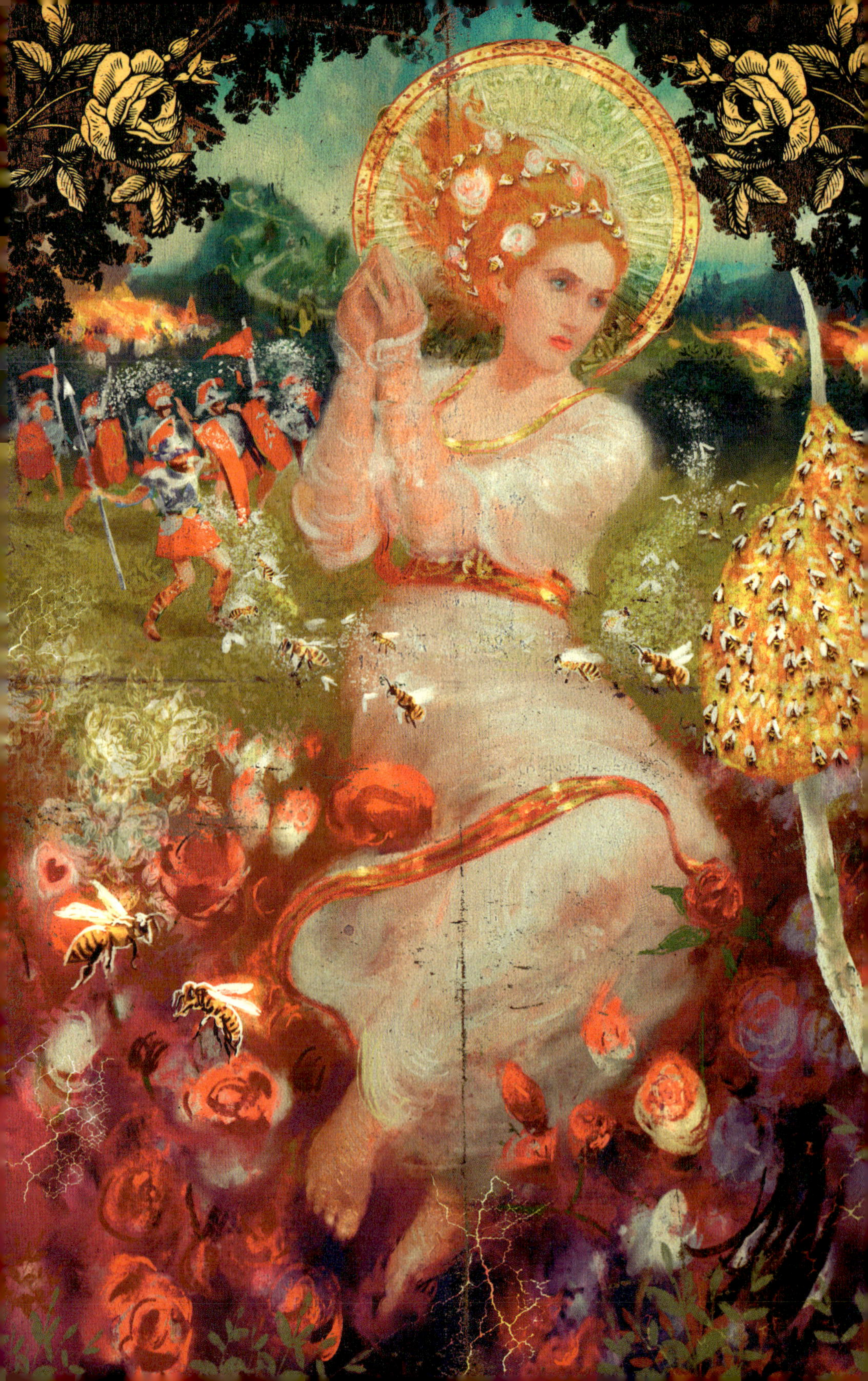

SANKTA LIZABETA
DAS ROSAS

✦ ✦

Havia um vilarejo, em algum lugar ao oeste, aninhado sob a proteção de uma colina alta chamada Gorubun, devido à sua forma torta. Do topo dessa colina, podia-se apenas vislumbrar a promessa do oceano, e, quando o tempo estava bom, o vento carregava o aroma salgado do mar desde o litoral distante.

Todo dia, ao alvorecer, os sábios do vilarejo enviavam quatro vigias colina acima, onde ficavam sentados de costas uns para os outros, perscrutando as direções leste, oeste, norte e sul para alertar caso qualquer problema se aproximasse do vilarejo. Ao crepúsculo, eram substituídos por quatro outros vigias que, ao longo da noite, mantinham-se na mesma posição, enquanto as estrelas se erguiam e a escuridão da noite lentamente se transformava em manhã outra vez.

Mas o vilarejo era muito singelo, não abrigando nada que valesse a pena roubar nem atraindo a atenção de ladrões ou saqueadores. Assim, ano após ano, os vigias retornavam da colina com pouco a relatar, exceto brisas agradáveis e ovelhas desgarradas pastando fora de seus cercados.

Braços fortes eram necessários para lavrar os campos, e parecia um desperdício perder quatro bons trabalhadores todo dia e toda noite. Então, durante uma colheita, três vigias tiveram permissão de permanecer no vilarejo e um único homem subiu a colina torta. Quando a colheita acabou e não houve qualquer problema, os sábios do vilarejo não reconduziram os outros vigias à colina — não por terem decidido exatamente isso, mas porque se esqueceram de mandá-los subi-la de novo. Um homem ainda escalava a encosta toda manhã e outro o substituía toda noite, e, se um deles ocasionalmente adormecesse ou o outro passasse as horas beijando Marina Trevish, a filha do pedreiro, quem iria saber?

Lizabeta morava a oeste do vilarejo, longe da sombra da Gorubun. Todo dia, caminhava até os campos além da casa da família para cuidar de suas colmeias. Não usava luvas nem gorro. As abelhas deixavam-na tomar seu mel sem uma única ferroada. Ali, onde as rosas brancas selvagens cresciam em nuvens tão abundantes que pareciam a névoa avançando sobre os campos, Lizabeta rezava e pensava nos grandes feitos dos santos, pois já era uma garota séria e devota. E lá estava ela, com o sol de verão quente sobre a cabeça curvada e as abelhas zumbindo preguiçosamente ao redor, quando uma brisa veio do oeste carregando não o travo salgado do mar, e sim o cheiro de algo queimando.

Lizabeta voltou correndo para casa a fim de avisar o pai.

— Não deve ser nada — ele disse. — O vilarejo a oeste está queimando seu lixo. Não é problema nosso.

Mas Lizabeta não conseguiu se livrar da preocupação, então ela e o pai foram até o casarão vizinho, lar de um cidadão próspero e respeitado.

— Seu pai tem razão — ele garantiu. — Não deve ser nada. Talvez um telhado tenha pegado fogo. Não é problema nosso.

Ainda assim, Lizabeta não conseguia acalmar seus pensamentos agitados e então, para tranquilizá-la, o mercador e o pai a acompanharam até a praça do vilarejo para falar com os sábios, que ali se reuniam sob um olmo vermelho. Todo dia eles bebiam *kvas*, comiam pão fresco trazido pelas esposas e refletiam sobre os grandes mistérios do mundo.

Quando Lizabeta falou sobre o cheiro de fumaça soprando nos campos, os sábios disseram:

— Se houvesse qualquer problema, o vigia no topo da Gorubun nos alertaria. Agora deixem-nos, pois temos que pensar sobre os mistérios do mundo.

Todos concordaram com os sábios do vilarejo. O mercador voltou ao seu casarão e o pai de Lizabeta levou-a para casa. No entanto, quando se sentou para rezar entre as colmeias, ela não conseguiu ficar em paz. Por isso atravessou a cidade novamente e subiu a colina torta, escalando sozinha a trilha estreita. Nas encostas da Gorubun não havia cheiro de queimado, e os pastos pareciam verdes e serenos. Ela começou a sentir-se muito tola à medida que suas pernas cansavam e o suor brotava em sua testa. Certamente, tais questões caberiam a seu pai, ao mercador e aos sábios do vilarejo.

Mesmo assim, ela seguiu em frente entre pedras e rochedos, sentindo-se mais insensata a cada passo. Quando atingiu o topo da colina, encontrou o vigia roncando serenamente sob seu chapéu, com as longas pernas estendidas na grama macia. O ar estava fresco e limpo, mas, quando Lizabeta se virou para o oeste, viu uma cena terrível: colunas de fumaça como pilares escuros sustentando um céu pesado. E ela soube que não sentira apenas cheiro de lixo ou de uma cozinha em chamas: tinha captado o odor de igrejas e corpos ardendo também.

Ela desceu a colina correndo, o mais rápido que pôde sem cair, e foi à praça da cidade.

— Um exército! — exclamou Lizabeta. — Um exército está marchando! — Ela contou a eles que vira pilares de fogo, um em cada cidade entre o vilarejo deles e o mar. — Temos que reunir espadas e flechas e socorrer nossos vizinhos!

— Discutiremos a respeito — responderam os sábios do vilarejo. — Montaremos uma defesa.

Porém, quando Lizabeta partiu e eles não estavam mais diante das súplicas de uma jovem assustada, a ideia de ir à guerra pareceu muito menos heroica. Os sábios ainda eram crianças na última vez em que uma batalha atingira o vilarejo. Não tinham o desejo de erguer espadas e escudos – tampouco queriam ver seus filhos fazendo isso.

— Com certeza os soldados vão passar reto por nós, como sempre fizeram — os sábios disseram uns aos outros. E foram jantar e ponderar sobre os grandes mistérios do mundo.

Ao amanhecer, Lizabeta foi aos campos para receber os corajosos homens do vilarejo com suas espadas e escudos. Ela esperou enquanto o sol se erguia mais alto e as abelhas zumbiam ao seu redor. Esperou enquanto as rosas murchavam sob o calor, suas pétalas brancas escurecendo nas bordas. Ninguém apareceu. Até que, por fim, ela ouviu passos em marcha – vindo não da direção do vilarejo, mas da escuridão do bosque. Ouviu vozes altas entoando uma canção de batalha e sentiu um trovejar através da terra. Entendeu, então, que não haveria nenhum socorro.

Mas Lizabeta não se virou e fugiu. Quando os homens apareceram, ferozes e cobertos de sangue, fuligem e suor, loucos para tomar vidas e tesouros, Lizabeta se ajoelhou entre as rosas.

— Misericórdia — ela implorou. — Misericórdia por meu pai, pelo mercador, pelos sábios que se acovardam em suas casas. Misericórdia por mim.

Os homens estavam tomados pela sede de sangue e triunfo. Rugiram e atravessaram a clareira em desabalo e, se ouviram as súplicas de Lizabeta, seus passos não hesitaram. Ela era um broto diante deles, para ser torcido e pisoteado. Era um rio pelo qual deveriam abrir caminho. Não era nada e não era ninguém; uma jovem de joelhos com preces nos lábios, cheia de terror, cheia de fúria. Das colmeias que cercavam a clareira veio uma nota baixa e vibrante, uma canção que se ergueu num zumbido no ar. As abelhas emergiram em enxames densos e revoltos, como fumaça de um vilarejo queimando, e atacaram os soldados, envolvendo-os com seus corpos rastejantes, e eles começaram a gritar.

Os soldados deram as costas a Lizabeta e a seu pequeno exército e fugiram.

Se a história tivesse acabado aqui, Lizabeta teria se tornado uma heroína, ganharia uma estátua na praça do vilarejo, e sob a estátua os sábios se reuniriam todos os dias para se lembrar da própria covardia e encherem-se de humildade à sombra de uma jovem.

Mas nenhuma dessas coisas aconteceu. A notícia de que saqueadores chegaram à costa e marcharam para o interior se espalhou, é claro. Só que ninguém de fora do vilarejo sabia por que eles subitamente haviam mudado de curso e fugido de volta para o mar. Havia boatos de alguma arma fantástica, outros de uma praga terrível ou uma maldição lançada por uma bruxa.

A notícia de uma cidade que fora misteriosamente poupada chegou a um general que reunia um grande exército para enfrentar os saqueadores quando retornassem. Com alguns de seus melhores homens, ele marchou rumo ao vilarejo onde o inimigo havia desistido da invasão. Foi até os sábios que se encontravam na praça e, quando lhes perguntou como tinham mudado a sorte da batalha e rechaçado inimigos tão temíveis, eles se entreolharam com medo do que o general diria se contassem histórias bobas sobre jovens e abelhas.

— Bem, não sabemos — disseram os sábios. — Mas conhecemos um mercador que sabe.

Quando o general chegou ao casarão, o mercador disse:

— É difícil dizer, mas o criador de abelhas no final da rua saberá explicar.

E, quando o general chegou à casa de Lizabeta e bateu à porta, seu pai viu os homens temíveis de armadura e expressão severa e estremeceu.

— Não tenho certeza do que aconteceu — ele disse. — Mas minha filha certamente saberá. Ela está nos campos cuidando de suas colmeias.

E lá eles encontraram Lizabeta.

— O que fez o inimigo dar meia-volta? — o general perguntou à jovem nos campos. — O que os fez fugir dessa vilinha de nada?

Lizabeta contou a verdade.

— Só as abelhas sabem.

A essa altura, o general estava cansado e frustrado; tinha caminhado quilômetros demais para ouvir gracinhas de uma garota. Estava sem paciência. Seus homens amarraram os pulsos e tornozelos de Lizabeta e entrelaçaram as cordas nas rédeas de quatro cavalos fortes. Outra vez, ele perguntou a Lizabeta como ela tinha parado os soldados.

— Só as abelhas sabem — ela sussurrou, pois não fazia ideia de como fizera tal coisa ou que milagre acontecera.

O general esperou, certo de que o pai da garota ou o mercador ou os sábios do vilarejo viriam em auxílio dela e lhe contariam seus segredos.

— Não adianta esperar — ela disse. — Ninguém virá.

Então o general deu a ordem, do jeito como fazem os generais, e o corpo de Lizabeta foi destroçado enquanto as abelhas zumbiam preguiçosamente em suas colmeias. Dizem que seu sangue molhou as rosas do campo e tingiu as flores de vermelho. Dizem que os botões plantados em sua lápide não morriam e exalavam um aroma doce o ano todo, mesmo quando caíam as neves do inverno. No entanto, as abelhas há muito abandonaram aquelas colmeias e não querem mais saber daquelas flores.

Se encontrar aqueles campos, você pode parar e inalar o perfume de suas flores, dizer suas preces e deixar o vento carregá-las para o mar ao oeste.

As rosas se lembram, mesmo que os sábios escolham esquecer.

Lizabeta é conhecida como a santa padroeira dos jardineiros.

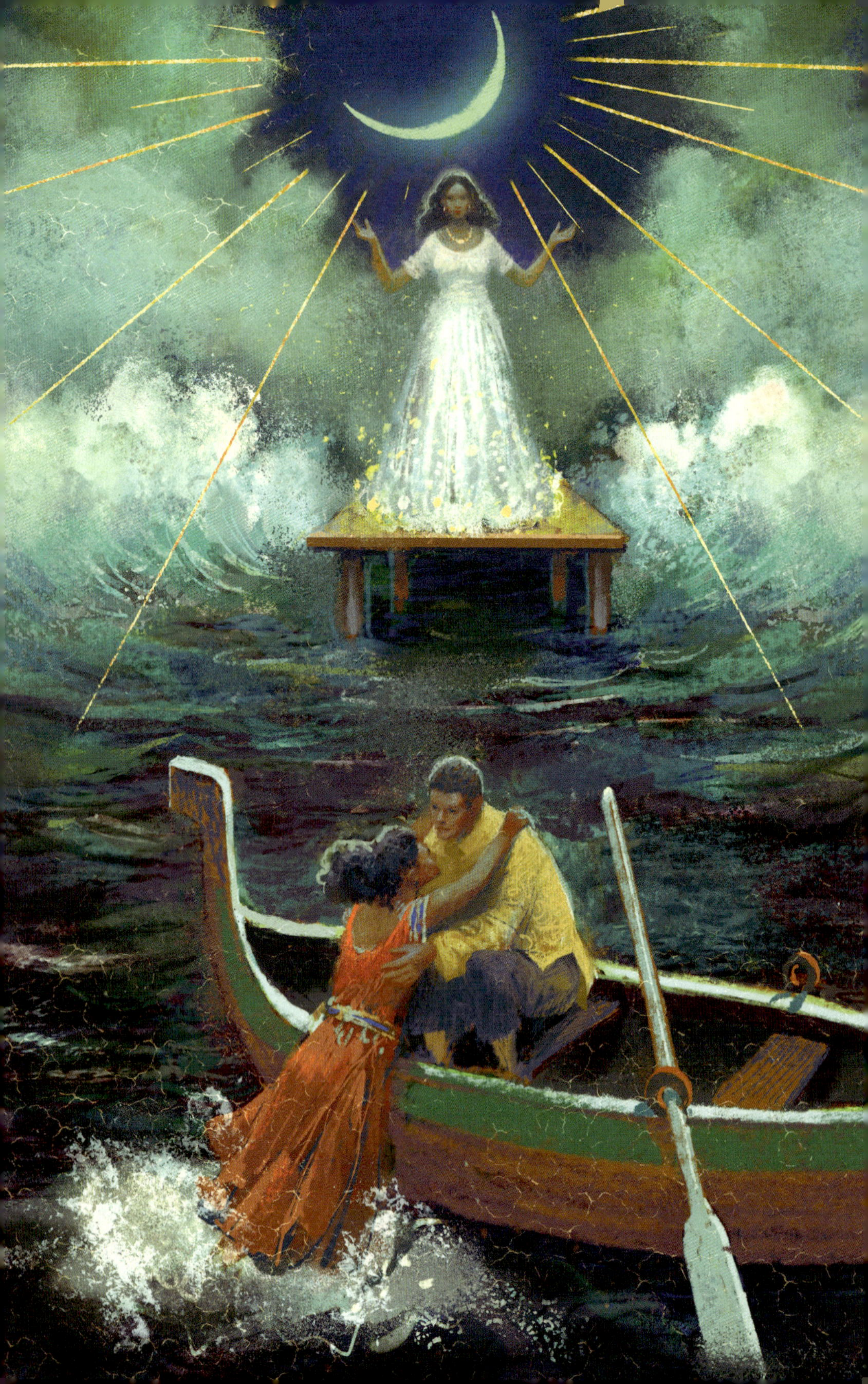

SANKTA MARADI

Em uma grande baía no litoral de Novyi Zem, duas famílias pescavam havia muitas gerações e disputavam o direito de usufruto daquelas águas pelo mesmo período. Addis Endewe e Neda Adaba mal conseguiam trocar uma palavra cortês. À medida que suas frotas concorrentes cresciam, seus lucros aumentavam também – assim como a inimizade entre eles. Os pescadores a seu serviço frequentemente rasgavam as redes uns dos outros, abriam buracos nas velas dos rivais e puxavam seus barcos lado a lado para que as tripulações pudessem se bater e chutar mutuamente.

Mas então, como é comum acontecer nesses casos, em um dia de feira, Duli, filho de Addis Endewe, saiu com os amigos para comprar *jurda* ao mesmo tempo que Baya, filha de Neda Adaba, sentiu desejo por laranjas doces. Entre bancas de frutas e peixeiros aos berros, Duli e Baya se apaixonaram à primeira vista. Talvez, se suas famílias não se odiassem, tivesse sido uma paixão passageira e nada mais. Ou talvez se apaixonassem de qualquer forma. Talvez algumas pessoas sejam destinadas umas às outras e tenham a sorte de reconhecer isso quando finalmente se encontram.

O belo Duli e a linda Baya passaram a se encontrar em segredo na propriedade de Sankta Maradi, que morava perto da praia. Quando as pessoas deixavam presentes à velha senhora, os céus costumavam clarear e os navios perdidos de alguma forma encontravam a rota até o porto. Ela deixou os amantes se encontrarem em seu pequeno cais, onde eles consertavam redes, observavam as estrelas e bolavam um plano de fuga. Combinaram que cada um roubaria um barco da frota da família e que se encontrariam além da baía, onde a rivalidade dos pais não poderia tocá-los.

Duli se esgueirou após o anoitecer, pegou um pequeno esquife e partiu sob um céu nublado e sem estrelas. Mas o pai de Baya a pegou tentando escapar e, em sua fúria, preferiu destruir sua frota inteira a ver a filha casada com o filho do inimigo.

Baya não desistiu. Apesar da escuridão, pulou no mar, seus membros lutando contra a força da corrente enquanto avançava penosamente através das ondas, chamando por Duli.

Seus nomes ecoaram pela baía enquanto os dois tentavam se encontrar, mas o mar estava gelado e as nuvens pendiam pesadas, bloqueando o luar. De seu píer solitário, Sankta Maradi ouviu-os se chamando de um lado a outro na escuridão. Teve pena dos amantes que desejavam construir um mundo novo juntos em vez de viver em um mundo antigo dividido. Com um único gesto de Maradi, as nuvens se apartaram e a lua emergiu, banhando o mundo em luz prateada.

Duli e Baya se encontraram nas ondas cintilantes. Duli puxou a amada para o barco e eles viajaram até um local seguro, afastando-se de suas famílias. Começaram uma vida nova, em um litoral novo, e escolheram um nome de família novo: Maradi. E foi assim que teve início a tradição zemeni de escolher nomes.

Todo ano, a família Maradi fazia uma trilha de seixos brancos, redondos como a lua, até a beira da água, onde diziam preces de agradecimento pela vida que puderam construir juntos.

Sankta Maradi é conhecida como a santa padroeira dos amores impossíveis.

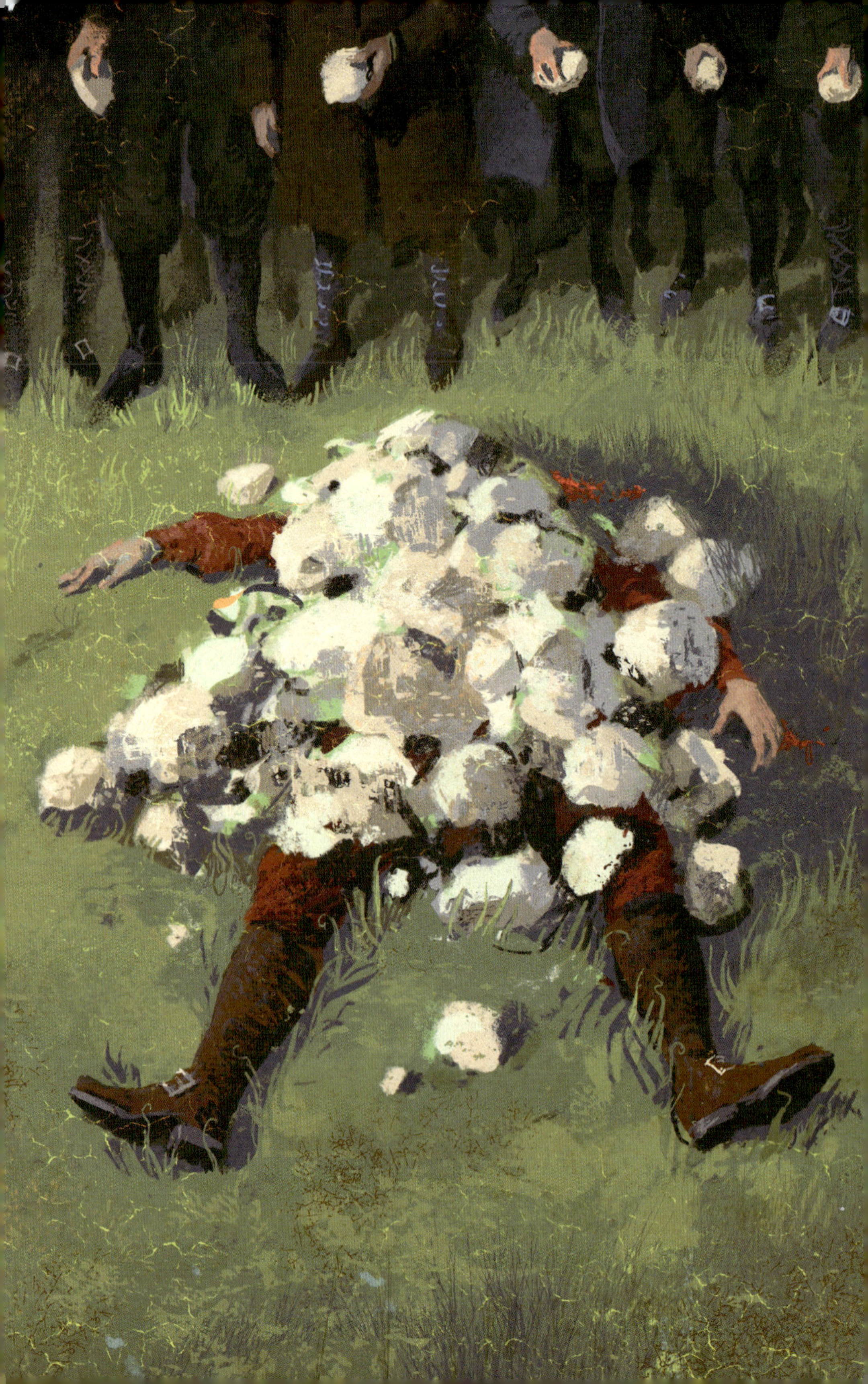

SANKT DEMYAN DA GEADA

Nas gélidas regiões orientais de Fjerda havia um cemitério, e entre suas fileiras encontravam-se tanto túmulos humildes, marcados apenas com ripas de madeira, como elegantes mausoléus talhados em mármore, mansões grandiosas para os mortos.

Uma floresta crescia ao redor desse cemitério, e, a princípio, as pessoas não prestavam qualquer atenção às árvores, felizes pela sombra que forneciam. Mas logo as bétulas se tornaram tão grossas e densas que ninguém conseguia chegar ao cemitério para cuidar dos túmulos dos familiares ou prestar homenagem a seus ancestrais.

Os moradores da cidade foram até Demyan, o nobre em cujas terras a floresta tinha crescido, e pediram-lhe que fizesse algo a respeito das árvores. Demyan ordenou a seus criados que fossem à floresta com machados e abrissem uma trilha até o cemitério para que todos pudessem caminhar confortavelmente pela mata.

No entanto, as chuvas chegaram e, sem árvores para impedir as enchentes, a água escorreu diretamente pela trilha, desenraizando lápides e lajes e removendo a tampa das sepulturas.

Novamente, os moradores foram reclamar. Dessa vez, Demyan projetou um aqueduto e fez que o construíssem ao redor do cemitério para que a chuva não perturbasse os túmulos e a água fosse desviada para irrigar os campos.

Mas o aqueduto projetava sua sombra sobre o cemitério, de modo que plantas e flores deixaram de crescer ali, e agora as famílias tremiam de frio quando iam visitar seus mortos.

As pessoas levaram suas queixas a Demyan novamente, mas ele não sabia mais o que fazer. Percorreu a trilha até o cemitério, atravessando a floresta, ergueu os olhos para o aqueduto alto e apoiou as mãos no solo. Não conseguia pensar em nenhuma solução que deixasse seu povo feliz, a não ser que os santos decidissem elevar o cemitério até o próprio sol.

Foi então que a terra começou a tremer e o terreno se ergueu e se ergueu, cada vez mais alto — uma montanha onde antes não havia montanha. Quando o ronco da terra parou, o cemitério estava em seu topo, onde jamais seria perturbado por enchentes ou espremido por árvores.

As pessoas seguiram Demyan até o cemitério e descobriram que nenhum túmulo tinha sido perturbado e nenhuma alma, desalojada. Apenas uma tumba estava rachada: a cripta da família de Demyan.

Talvez estivessem abaladas pelas maravilhas presenciadas. Talvez não soubessem como ficar satisfeitas. Qualquer que fosse a razão, as pessoas que Demyan tentara agradar com tanto afinco jogaram as mãos para o alto em horror. Alegaram que ele tinha desrespeitado o nome de sua família. Clamaram que ele havia amaldiçoado a todos usando magia das trevas. Alguém apanhou um pedaço de mármore da tumba quebrada e o lançou contra Demyan. Enlouquecidos pela realização de seus desejos, os outros seguiram seu exemplo, lançando pedras no nobre até que ele jazeu estraçalhado sob as ruínas da cripta da própria família.

Dizem que a montanha mais alta no Elbjen é aquela em que Demyan morreu. Ele é conhecido como o santo padroeiro dos recém-falecidos.

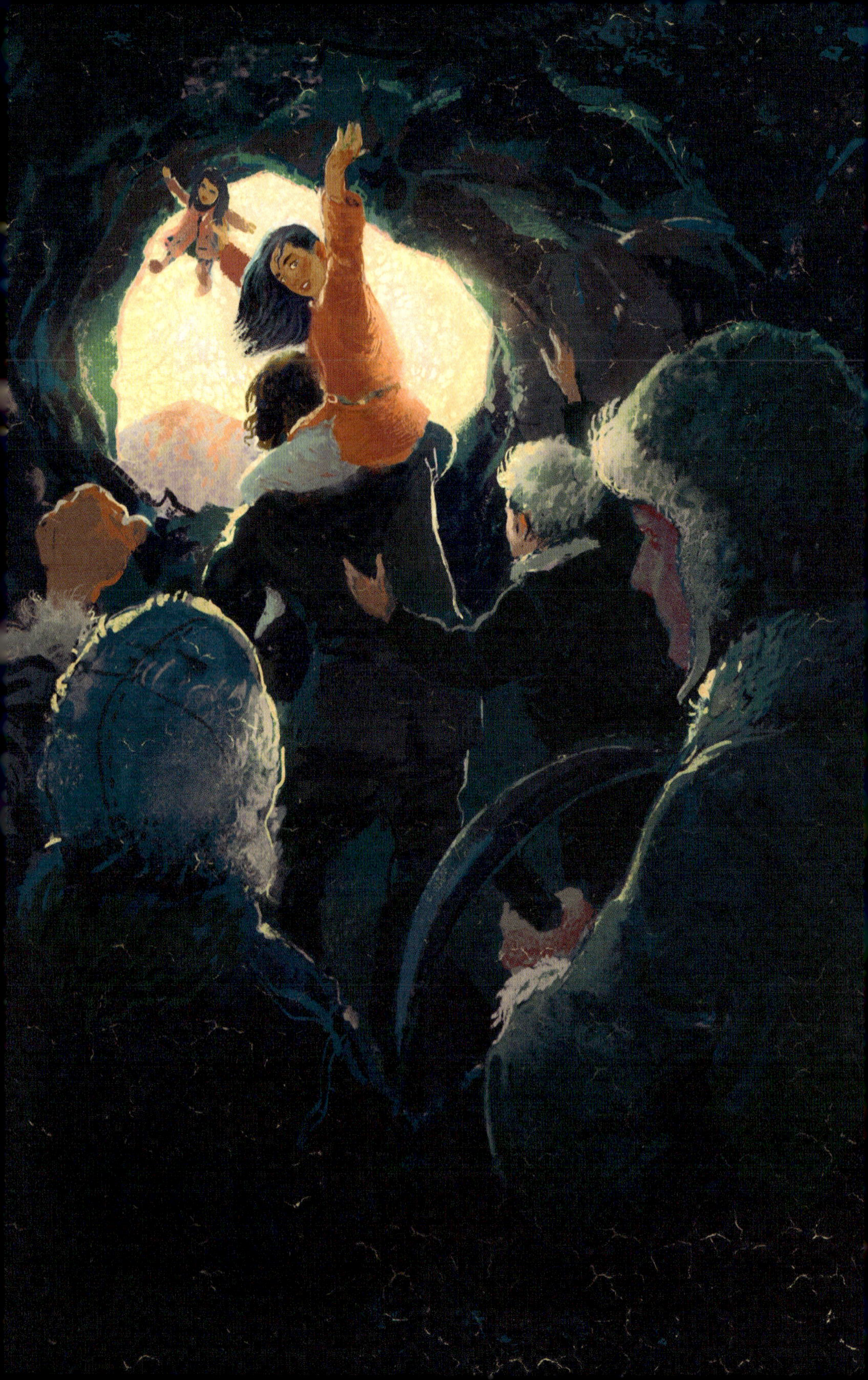

SANKTA MARYA DA ROCHA

No verão, um grupo suli frequentemente viajava para o sul até a fronteira de Ravka. Eles trabalhavam até que começasse a esfriar, depois reuniam seus pertences e viajavam pelos Sikurzoi rumo aos territórios mais quentes de Shu Han. Em alguns locais, eram rechaçados por moradores que se recusavam a ceder qualquer espaço para que montassem acampamento. Em outros, pessoas hostis aos suli atacavam seus assentamentos à noite com tochas e cães de caça.

Mas havia alguns lugares em que os suli eram bem-vindos. Onde o conhecimento suli era respeitado e as pessoas ofereciam pão e vinho, além de pasto para seus animais. Lugares onde se buscavam divertimentos, e os suli tinham permissão de erguer suas tendas e realizar suas apresentações ao som de aplausos alegres. E onde havia trabalho a ser feito, trabalho sujo e perigoso que ninguém mais queria ou ousava fazer – os suli também eram bem-vindos nesses locais.

As corridas de cavalos em Caryeva geralmente duravam até o fim do outono, e os suli com frequência passavam a estação ali. Mas, certo ano, o inverno chegou mais cedo, fechando a pista de corrida e deixando-os sem trabalho nem plateias para as quais se apresentar. Um morador local ofereceu trabalho aos homens na mina de cobre e, embora a perspectiva fosse arriscada e os suli conhecessem muitos que haviam morrido nos túneis escuros da mina, eles concordaram.

No entanto, na noite anterior ao dia em que os homens entrariam nos poços, uma das verdadeiras videntes suli examinou as borras do seu café e alertou-os de que não deveriam entrar nos túneis. Ela era conhecida pela clareza de sua visão, e nenhum deles encarou suas palavras levianamente.

— O que podemos fazer para nos salvar? — eles perguntaram.

A velha senhora vestiu a máscara de chacal dos videntes suli e ficou sentada por um longo tempo, enquanto os outros conversavam em voz baixa junto ao fogo. Quando a lua já tinha sumido do céu e a fogueira queimado até só restarem cinzas, ela ergueu uma mão nodosa e apontou para uma garotinha.

— Marya deve ir com vocês.

Ninguém gostou dessa ideia — especialmente os pais da menina e a própria Marya, que ainda tinha medo do escuro. Mas, no dia seguinte, quando os homens partiram para as minas, ela reuniu coragem, tomou sua boneca de pano nos braços e subiu nos ombros do pai. Lá foram eles poço abaixo, com as paredes de rocha fechando-se ao redor, o ar úmido, o cheiro de cobre na terra como sangue derramado.

A manhã se passou sem acidentes, assim como a tarde, até que o dia de trabalho estava terminado. Os trabalhadores suspiraram de alívio e se viraram para fazer o caminho de volta pelo túnel, em direção à luz do sol e ao mundo vivente.

Foi então que a terra começou a tremer. O túnel diante deles desabou, bloqueando toda a luz do dia. Mas, no instante em que o teto estava prestes a ceder sobre a cabeça deles, Marya, ainda agarrada à boneca de pano, ergueu as mãozinhas. E o teto não cedeu.

As paredes de rocha da mina oscilaram como lodo em uma bateia, estremeceram e deslizaram, criando uma abertura para permitir que os suli passassem. Eles seguiram por dentro da montanha, guiados por Marya nos ombros do pai, conforme a rocha se abria para criar uma passagem à sua frente.

Eles emergiram do outro lado, e lá, ao pé dos Sikurzoi, os suli sempre puderam encontrar abrigo nas cavernas que Marya deixou para trás.

Ela é conhecida como a santa padroeira dos que estão longe de casa.

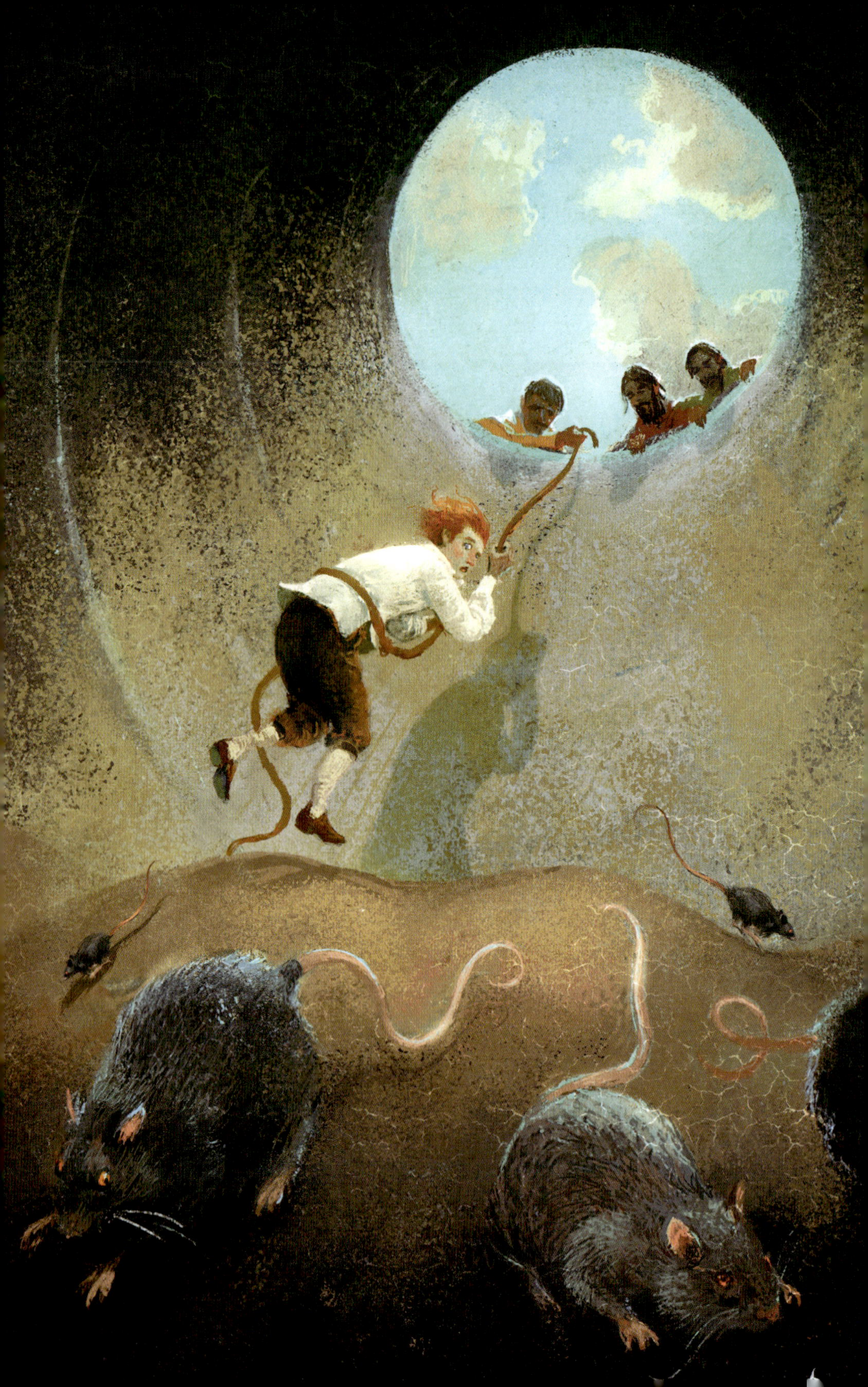

SANKT EMERENS

O vilarejo de Girecht, no sul de Kerch, era tradicionalmente renomado pela pureza e pelo sabor de seus cereais, assim como pela perfeição da cerveja feita com sua cevada e seu lúpulo. Todo ano, quando as folhas começavam a mudar de cor, os aldeões montavam longas mesas na praça central, decoravam as árvores com lanternas e recebiam visitantes de todos os cantos de Kerch para encher a barriga deles com a cerveja da cidade e os cofres de Girecht com suas moedas.

No dia seguinte, iam à igreja para agradecer a Ghezen e seus santos. Mas, um dia, os moradores se empolgaram demais em suas celebrações e, na manhã seguinte ao festival, ficaram deitados na cama com dor de cabeça em vez de ir rezar. Todos, menos uma criança, um garoto chamado Emerens.

Esse menino era devoto desde que nascera. Nunca chorava nos dias dos santos – exceto quando as pessoas se atrasavam para as missas. Aí berrava e uivava, seu choro agudo voando sobre os telhados e atravessando todas as janelas, e nada o apaziguava até que os pais e os vizinhos fossem à igreja. Na manhã seguinte àquele festival tão alegre, Emerens bateu de porta em porta, tentando despertar os cidadãos de Girecht, mas todos se recusaram a atender.

Quem pode dizer se o que se passou em seguida foi apenas azar ou a mão da providência? Qualquer que seja o caso, uma praga acometeu os campos de Girecht no ano seguinte, deixando os cereais manchados e estragados.

Os aldeões conseguiram colher cereais sadios para encher quatro silos, o suficiente para dois festivais. Penduraram lanternas na praça central e estenderam as longas mesas para o banquete. Mas, na manhã seguinte, descobriram que o silo oeste tinha um quarto de cereal a menos. Uma investigação revelou buracos abertos nas laterais do silo, por onde parte dos grãos havia vazado. Um dos fazendeiros subiu ao topo do silo, abriu a tampa e gritou de horror, pois a estrutura estava cheia de ratos: os corpos peludos e rabos rosados se debatiam enquanto se banqueteavam.

No dia seguinte, descobriu-se que o silo leste também estava infestado, e os moradores sabiam que os silos norte e sul seriam os próximos.

— O que podemos fazer? — eles se lamentaram. — Se envenenarmos os ratos, vamos arruinar os grãos e não teremos como produzir cerveja para o festival.

O jovem Emerens tinha a resposta.

— Desçam-me no silo leste e eu expulsarei os ratos.

As pessoas ficaram enojadas com a ideia, mas, como significava que não teriam de lidar com as pestes pessoalmente, estavam dispostas a tentar. Amarraram uma corda ao redor da cintura de Emerens e o baixaram no cereal como um balde mergulhado num poço.

De fato, assim que Emerens afundou nos grãos, os ratos sentiram sua santidade e mastigaram os cereais até abrirem caminho para fora, ansiosos para se afastar de tanta bondade. Foi preciso erguer e baixar Emerens durante muitas horas, mas logo todos os ratos tinham partido e os cereais estavam sadios outra vez.

Os cidadãos de Girecht proclamaram Emerens o salvador do vilarejo, levantaram-no nos ombros e o carregaram pela praça em celebração.

No dia seguinte, quando o festival estava prestes a começar, os aldeões viram que, como imaginado, os ratos haviam infestado o silo sul. Lá foi Emerens baixado outra vez, e os ratos começaram a fugir.

Foi um longo processo e, com o passar das horas, os aldeões que cuidavam da corda de Emerens ouviram a música vindo da praça, o bater de pés ao ritmo das canções e sentiram o cheiro das caldas, bolos e salsichas que sabiam estar empilhados em pratos a uma curta distância. *Com certeza*, eles pensaram, *podemos ir depressa até a praça, dançar e beber um pouco, e voltar antes de ter que puxar o garoto*.

Quando Emerens afundou no silo de novo, eles correram à praça. Só que, depois do primeiro gole de cerveja, não conseguiram evitar o segundo. Uma dança tornou-se duas e depois três, enquanto o som das rabecas aumentava ao redor deles, e logo esqueceram que tinham qualquer obrigação naquela noite, exceto se divertir.

Na escuridão do silo, Emerens puxou a corda em vão, esperando ser levado à superfície. Ele morreu ali, flutuando nos grãos, com a boca, os olhos e o nariz cheios de cevada. No dia seguinte, os aldeões dormiram profundamente em suas camas, até muito depois que os sinos chamando para a missa matinal tinham tocado. Só ao fim da tarde, quando cambalearam até a mesa da cozinha e abriram as janelas para a luz do sol, alguém se perguntou por que Emerens não viera chamá-los para as preces.

Emerens foi enterrado nos campos de cevada, mas, desde a sua morte, a cerveja e o pão feitos do grão de Girecht têm gosto de infelicidade e deixam qualquer um que os experimente com indigestão e pensamentos melancólicos.

Girecht e seus campos amargos foram esquecidos há muito tempo, mas Emerens, o santo padroeiro dos cervejeiros, recebe homenagens todo fim de verão, quando a colheita começa.

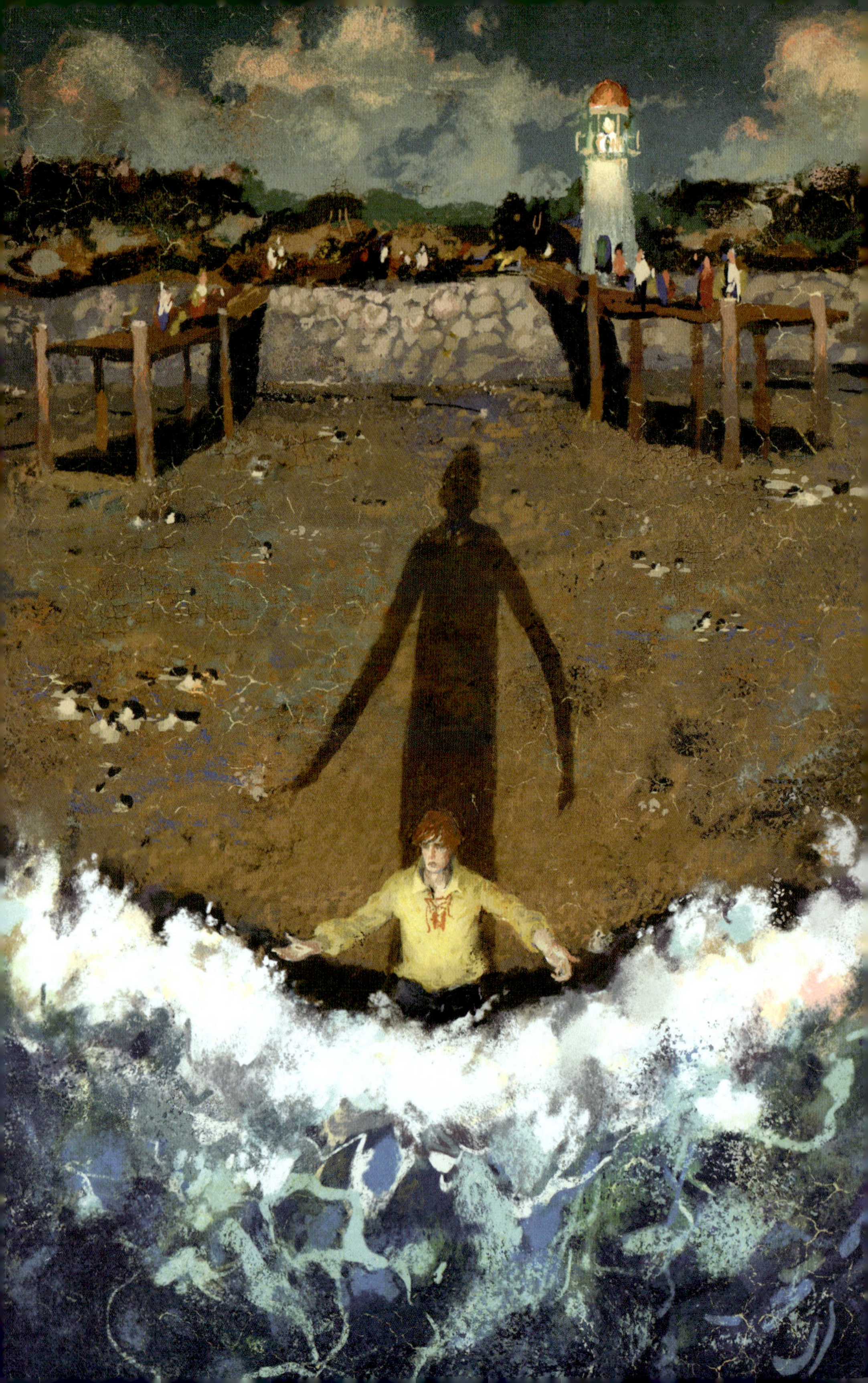

SANKT VLADIMIR, O TOLO

Se for uma pessoa de sorte, você talvez tenha parado no cais da grande cidade de Os Kervo e se maravilhado com seu famoso farol e o enorme quebra-mar que o protege. Nenhuma dessas estruturas existiria sem os esforços de um garoto corajoso chamado Vladimir.

A baía de Os Kervo já fora um lugar selvagem, onde o mar batia violentamente no litoral e atirava navios contra a terra como pedaços de madeira flutuante. Por muitos anos, as pessoas que se assentaram ali tentaram transformar a baía num porto funcional, mas todos os seus esforços para construir píeres e proteções foram vãos diante da fúria do oceano.

Parecia uma causa perdida, de modo que, quando foi anunciado que o rei procurava atracar uma frota de navios em seu litoral, as pessoas não souberam o que fazer. Era a sua chance de prosperidade, de serem reconhecidos pelo monarca cuja atenção poderia eternamente mudar sua sorte. No entanto, se o rei não conseguisse atracar, não adiantaria de nada e algum porto mais gentil ganharia o favor de seu governante.

Vladimir era um rapaz sem talentos. Não era forte o bastante para ajudar na construção, no cultivo ou no trabalho pesado, nem era particularmente inteligente ou interessante. Não sabia cantar bem e não tinha uma aparência agradável. Ele sabia de tudo isso, e essa compreensão o tornara tímido e hesitante, o que só parecia incomodar as pessoas ainda mais. Elas o chamavam de "tolo" ou o enxotavam da porta de casa, e Vladimir se deu conta de que era mais solitário perto dos outros. Ficava mais feliz vagando à beira-mar e sussurrando às ondas.

Mesmo assim, ele escutava atentamente as conversas que remoinhavam ao seu redor. Ouviu os vizinhos se preocuparem e discutirem sobre a chegada da frota do rei e pensou que poderia ter uma solução. Porém, quando abriu a boca para falar, suas palavras desapareceram e ele teve que suportar olhares inexpressivos e suspiros exasperados. Seria mais fácil fazer sozinho o que devia ser feito.

Vladimir entrou na água até os joelhos, depois até os quadris e o peito. A princípio, as pessoas vaiaram e gritaram, mas então viram que a água o acompanhava, a maré recuando conforme ele se afastava cada vez mais da terra. As ondas seguiam em seu encalço; o oceano se distanciava da costa como uma mulher erguendo as saias. As pessoas na baía perceberam a chance extraordinária que o rapaz lhes propiciava e apanharam martelos e cinzéis.

Por trinta dias e trinta noites, Vladimir ficou parado na água e conteve o mar, sussurrando suas preces enquanto o sol nascia e se punha e os caranguejos mordiscavam seus pés, até que o grande quebra-mar e a base do farol estivessem construídos.

Por fim, o contramestre gesticulou para Vladimir que o trabalho estava concluído e ele podia descansar. Mas Vladimir estava cansado demais para completar a caminhada até a terra: abaixou as mãos, silenciou suas preces e foi engolido pelo mar tempestuoso.

O corpo de Vladimir boiou até a praia com a maré, e as pessoas de Os Kervo ergueram-no e puseram-no em um esquife coberto de lírios. Por mais trinta dias e trinta noites, os moradores vieram prestar-lhe homenagem e, para o espanto de todos, o corpo de Vladimir não se decompôs. No trigésimo primeiro dia, seu cadáver dissolveu-se como espuma do mar, sem deixar nada para trás, exceto um montinho de sal marinho entre os lírios.

Ele é conhecido como o santo padroeiro dos afogados e das realizações improváveis.

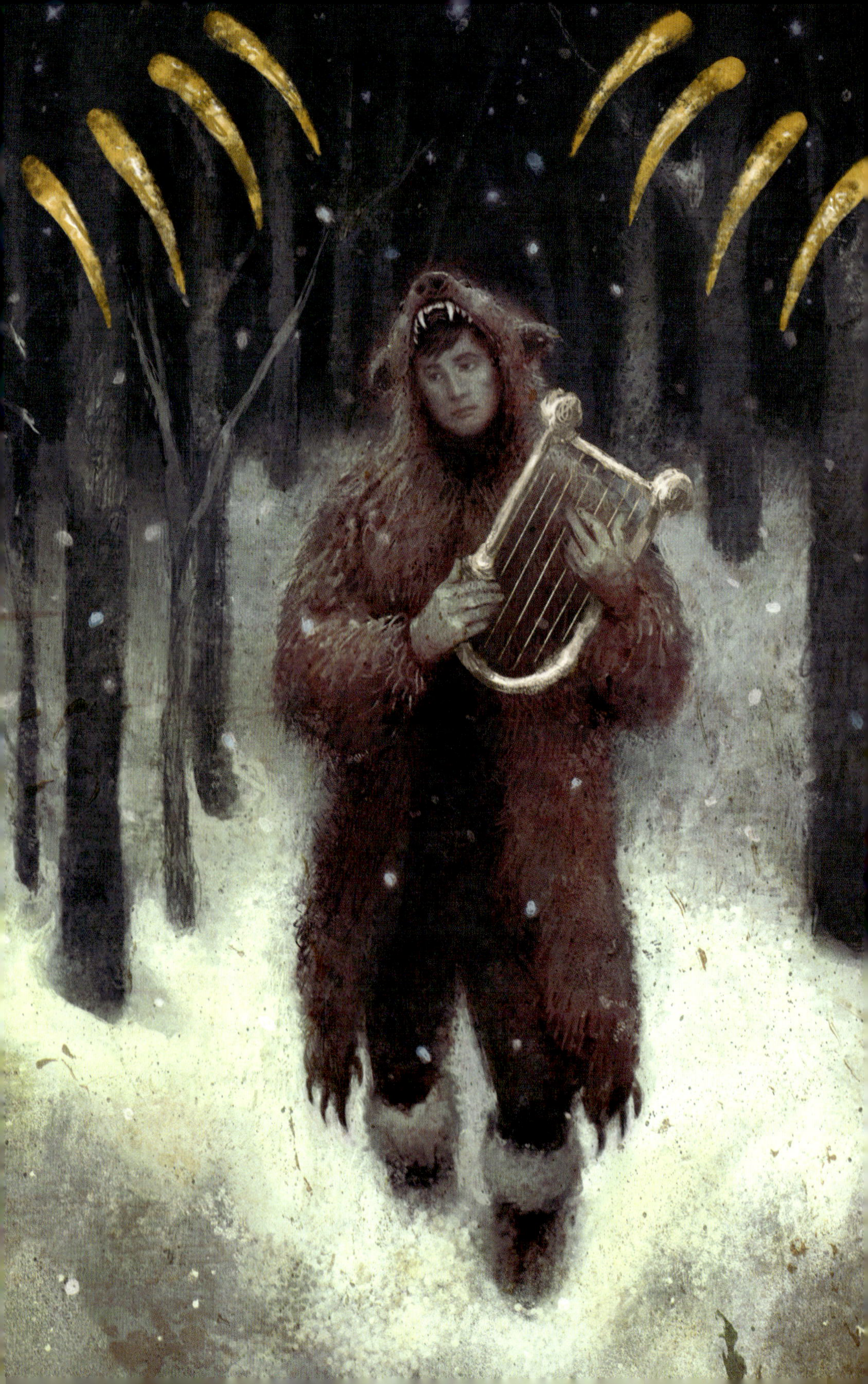

SANKT GRIGORI DO BOSQUE

filho de um nobre adoeceu com uma enfermidade que nenhum dos conselheiros e amigos sábios do pai vira antes.

— Devemos sangrá-lo — declarou o médico local, que servira à família do nobre por muitos anos. — É a única solução em tais casos. — Então as veias do rapaz foram abertas e sanguessugas aplicadas em sua pele, mas ele só ficou mais pálido e mais fraco em sua cama.

— Devemos aquecê-lo — declarou o prefeito, que jantava na casa do nobre toda semana. — Tais doenças têm de ser expulsas pelo suor. — Então eles embrulharam o rapaz em cobertores grossos e mantiveram o fogo ardendo na lareira dia e noite. Como esperado, ele suou sob as muitas camadas de roupa de cama, mas não ficou mais forte.

— Devemos deixá-lo repousando no escuro como uma raiz — disse o vizinho rico do nobre, que era conhecido por seus vegetais premiados. — Um longo sono vai restabelecê-lo. — Cortinas pretas pesadas foram cerradas nas janelas, e a cabeça do rapaz foi embrulhada em um tecido de algodão espesso para que nenhum som pudesse atravessá-lo. Quando a porta de seu quarto foi aberta três dias depois, ele parecia tão branco e sem vida quanto um nabo, mas não tinha melhorado.

Por fim, a esposa do nobre assumiu o controle e mandou chamar Grigori, um curandeiro e professor que morava nas montanhas próximas. Levou muitos dias para os emissários do nobre encontrarem a caverna do curandeiro, mas enfim conseguiram e ele concordou em segui-los montanha abaixo.

Grigori ficou horrorizado quando viu o estado da casa do nobre. Ele escancarou as janelas e deixou o ar fresco entrar; abafou o fogo e jogou as sanguessugas nas brasas. O que mais ele fez não se sabe, mas, apenas alguns dias depois, o rapaz sentou-se na cama e declarou que estava com fome. No dia seguinte, levantou-se e passeou com a mãe pelo jardim. E, no dia após esse, pediu que seu cavalo fosse trazido para que pudesse dar uma volta.

O nobre encheu Grigori de elogios, e um grande banquete foi oferecido em sua honra. Mas o médico, o prefeito e o vizinho rico não ficaram contentes com essa reviravolta. Todos se beneficiavam do favor do nobre havia muito tempo e não gostavam de vê-lo recorrer a um novo conselheiro.

Então começaram a sussurrar no ouvido do nobre histórias de acontecimentos bizarros nas montanhas. Alegaram que Grigori lidava com magia das trevas e tinha usado essa magia para curar o filho do nobre. Apresentaram testemunhas que disseram ter visto Grigori falando com feras e fazendo cadáveres dançar para seu próprio divertimento. Embora o filho e a esposa implorassem por misericórdia, o nobre não podia ignorar acusações tão graves, e Grigori foi levado ao bosque e deixado lá para ser devorado por feras durante a noite.

Quando caiu o crepúsculo e as criaturas do bosque começaram a uivar, Grigori ficou com medo, mas sussurrou aos santos em busca de orientação. Quando se ajoelhou para rezar, viu que, a seus pés, jaziam os ossos de outros que tinham sido levados ao bosque para enfrentar uma pena de morte. Com esses ossos, ele criou uma lira e, quando os animais se aproximaram, tocou uma música triste e encantadora que se ergueu da ponta de seus dedos e subiu até os ramos das árvores, pairando no ar como névoa. Os lobos pararam de salivar e apoiaram a cabeça sobre as patas. As serpentes sibilaram contentes, imóveis como se estivessem numa rocha aquecida pelo sol. Os ursos se enrodilharam e sonharam com a época em que eram filhotes e só conheciam o leite da mãe, a corrente do rio e o cheiro das flores silvestres.

Quando os soldados voltaram na manhã seguinte e encontraram Grigori são e salvo, o filho do nobre declarou:

— Vejam só, isso deve significar que ele é um homem santo!

Mas o médico, o prefeito e o vizinho rico disseram que era mais um sinal de que Grigori lidava com magia das trevas e que, se permanecesse vivo, o nobre e sua família certamente seriam amaldiçoados.

Grigori foi levado ao bosque outra vez, agora com as mãos atadas. A noite caiu e as criaturas do bosque uivaram. Sem poder tocar sua lira, Grigori foi destroçado pelas feras que tinham dormido tão serenamente na noite anterior.

Ele é conhecido como o santo padroeiro dos médicos e músicos.

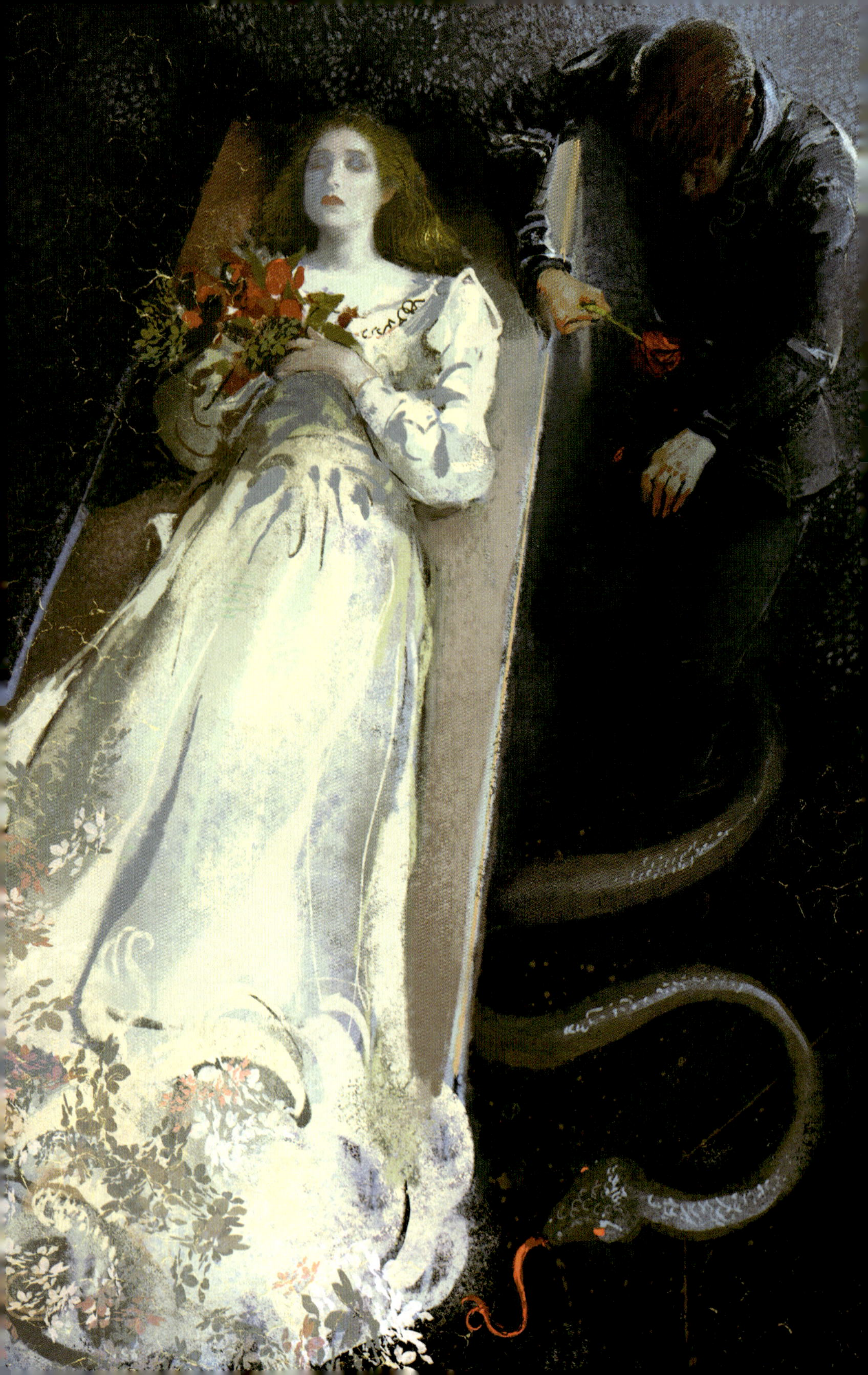

SANKT VALENTIN

Uma jovem noiva adoeceu poucos dias antes de seu casamento e, embora tivesse lutado corajosamente e recebido cuidados zelosos e muitas preces, pereceu. Eram os piores dias do inverno e, como a terra estava gelada demais para ceder a pás ou picaretas, nenhuma cova pôde ser aberta. A família da jovem era pobre demais para ter um mausoléu, então a vestiram com as sedas que teriam sido seu vestido de noiva e a depositaram em uma prancha na casa de gelo, com as mãos dobradas sobre o peito e os dedos fechados num buquê de folhas e frutos invernais. Todo dia, a família passava um tempo sentada ao seu lado, e o rapaz que teria sido seu marido vinha chorar sobre seu corpo até tarde da noite.

Quando a terra começou a degelar, uma sepultura foi cavada em terra consagrada e a garota foi ali baixada. Uma lápide simples marcou seu local de descanso.

Mas, na manhã seguinte, quando a mãe da jovem foi visitar o túmulo da filha, encontrou uma cobra enrodilhada na lápide, com as escamas negras cintilando sob o sol. A mulher parou, trêmula, com flores recém-colhidas nas mãos e medo demais para se aproximar, até que, com lágrimas escorrendo pelas faces, desistiu e voltou para casa.

Durante toda a primavera, a mulher enlutada visitou o cemitério com um novo buquê nas mãos. A cobra levantava a cabeça chata quando ela se aproximava e às vezes deslizava da pedra até a terra delicadamente amontoada, mas nunca deixava o túmulo da jovem e ninguém conseguia prestar-lhe os devidos respeitos – nem a mãe, nem o pai, nem o jovem arrasado que a amara.

A mulher então foi à igreja e rezou a Sankt Valentin, o santo padroeiro dos encantadores de serpentes e dos solitários, e naquela noite Sankt Valentin falou com ela.

— Vá ao túmulo — ele orientou —, deite-se no chão ao lado da cobra, e tudo lhe será revelado.

A mulher estremeceu.

— Não posso! — ela implorou. — Tenho medo demais.

Mas a voz de Sankt Valentin estava firme.

— Você pode escolher a fé ou pode escolher o medo, mas apenas um lhe trará o que deseja.

Então, no dia seguinte, a mulher foi ao cemitério e, quando viu a cobra estendida na grama verde e fresca que tinha crescido sobre o túmulo da filha, não se afastou; ainda tremendo, obrigou-se a deitar na terra úmida. A serpente ergueu a cabeça, seus olhos cintilantes como contas de um rosário. Certa de que o animal estava prestes a dar o bote, a mulher se preparou para sentir a mordida e unir-se à filha na próxima vida.

Em vez disso, a serpente falou, sua língua delgada farejando o ar.

— Mamãe — ela disse —, sou eu, o espírito de sua filha perdida que retorna para contar a você do meu suplício. Eu não morri de uma enfermidade natural, mas de veneno, que me foi administrado como remédio pelo homem que jurava me amar até eu dizer que não o amava mais e não queria ser sua noiva. Ele riu sobre meu cadáver na casa de gelo e agora tem medo de visitar este túmulo, pois sabe que os santos não permitirão que um assassino faça uma prece sincera em terra consagrada.

A mulher chorou e deixou a cobra se enrodilhar gentilmente ao redor do seu pulso, dizendo à filha que a amava. Então marchou até a cidade e encontrou o homem que alegara amar sua filha.

— Você deve vir comigo ao cemitério — ela disse — e rezar por minha filha, que teria sido sua esposa e a quem você jurou amar.

O rapaz protestou. Ele já não a visitara inúmeras vezes no frio da casa de gelo? E não diziam que uma cobra espreitava nas lápides?

— Que homem virtuoso teme uma cobra? — ela perguntou. — Que homem professa amar, mas não faz suas preces em terra consagrada?

Os moradores da cidade concordaram e se perguntaram por que o jovem resistia. Por fim, ele cedeu e seguiu a mulher até o cemitério. Quando os passos dele vacilaram, ela tomou-lhe a mão e o puxou pelo resto do caminho. Eles atravessaram os portões e foram até o túmulo da jovem, onde a cobra estava encaracolada.

— Vá em frente — disse a mulher. — Ajoelhe-se e faça suas preces.

Assim que o rapaz abriu a boca, a cobra se desenrodilhou e deu o bote, mordendo-o na língua. Ele morreu com a língua preta de um assassino e foi enterrado em terra não consagrada, sem ser lamentado por ninguém.

A cobra nunca mais foi vista, mas um marmeleiro cresceu ao lado do túmulo da jovem noiva, e namorados frequentemente se encontravam sob seus ramos em dias quentes.

É costume que as mães de noivas façam preces a Sankt Valentin, e ver uma cobra no dia do casamento é considerado um sinal de sorte.

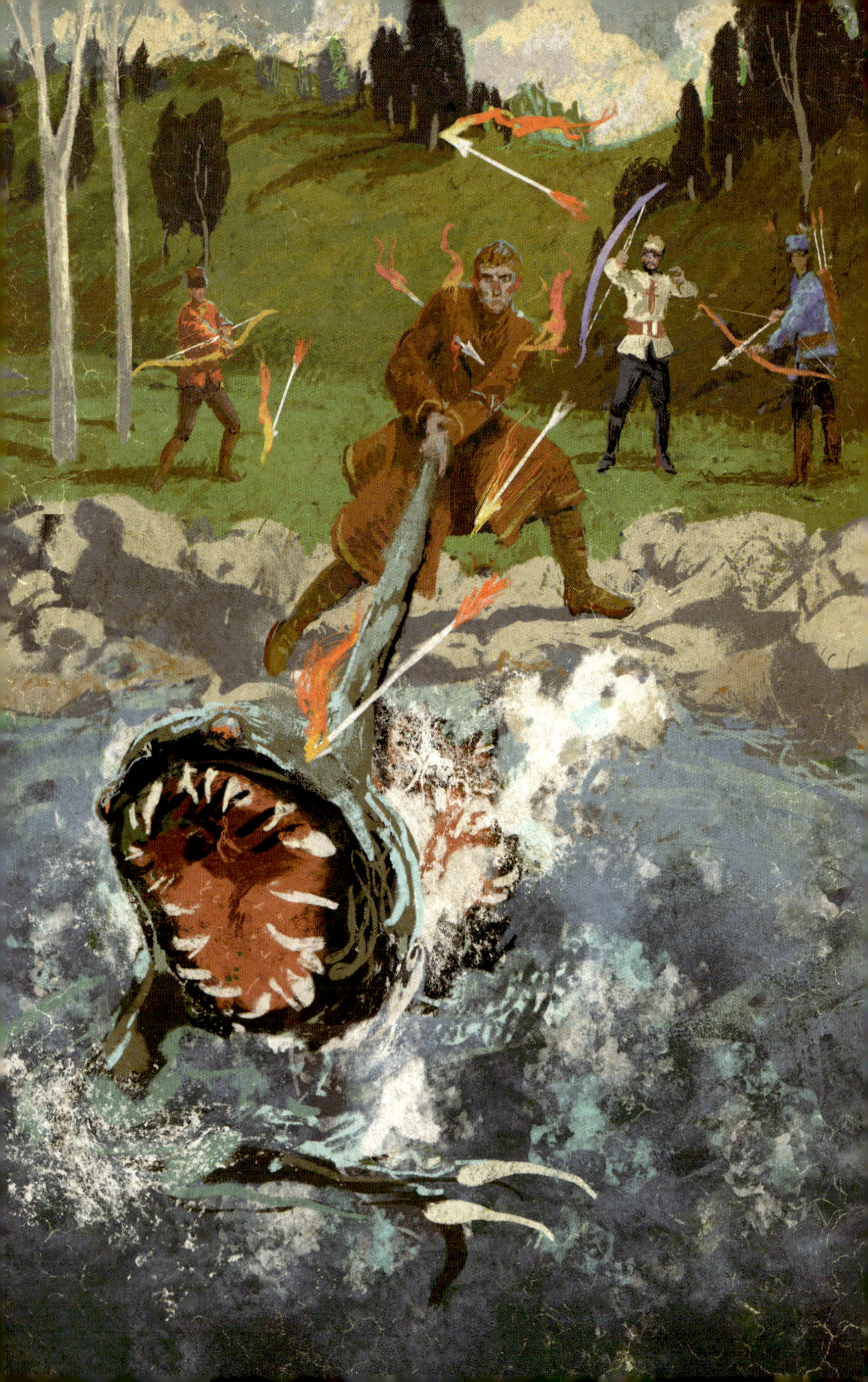

SANKT PETYR

Em vez de ir à igreja no dia do seu santo, um garoto no vilarejo de Brevno decidiu escapulir com um jarro da sidra do pai e deitou-se para roncar no viveiro das galinhas. Enquanto dormia, um demônio entrou furtivamente em sua boca e deslizou goela abaixo. Quando ele acordou, não era o mesmo garoto. Mordeu a bochecha da mãe e ateou fogo à escola do vilarejo. Rangeu os dentes e rasgou o livro de orações na capela. Quando por fim caiu no sono, um padre foi chamado para professar palavras sagradas sobre seu corpo adormecido e expulsar o demônio.

A coisa que emergiu da boca do garoto era cinza e molhada como uma lesma e, embora se debatesse e uivasse, acabou soltando as entranhas do menino. Mas o padre não tinha selado a casa corretamente, e o demônio fugiu por uma janela aberta.

Como se sabe, os demônios são atraídos para a água, e a criatura se acomodou em um lago próximo. Toda vez que alguém se aproximava da água para pescar ou beber, o demônio emergia, escondendo sua verdadeira forma para seduzir a vítima. Às vezes aparecia como uma sereia de pele macia e lábios reluzentes que cantava aos rapazes sobre o amor. Às vezes era uma mãe perdida entoando uma canção de ninar ou um velho amigo bradando uma alegre canção de taverna. O demônio sempre encontrava a melodia certa para atrair sua presa, e, assim que algum caçador, fazendeiro, viúva ou criança afundava os dedos na água, agarrava o infeliz pelo pulso e o arrastava até as pedras lisas no fundo do lago. Lá ele terminava sua canção, enquanto o frio se infiltrava nos ossos da presa e a água enchia os pulmões de outra alma perdida. Só então o demônio soltava o corpo e o deixava flutuar até a superfície.

Os moradores do vilarejo não conheciam nada capaz de destruir o demônio, exceto fogo. Os homens de Brevno encheram suas aljavas de flechas ardentes, mas o monstro era esperto demais e jamais saía do lago. Sempre que os caçadores se aproximavam o suficiente da margem para mirar, o demônio começava a cantar e os atraía para baixo da superfície.

O padre que deixara o demônio escapar tinha sumido da cidade fazia tempo, envergonhado, mas o jovem padre que o substituiu era outro tipo de homem. Petyr tinha a força dos santos e não temia se aproximar do lago. Disse aos homens para reunirem suas flechas, mergulhá-las em piche e ficarem a postos.

Marchou até a água e, ao se aproximar, começou a recitar os *Salmos Sikurianos*. Quando estava a poucos passos de distância, viu o irmão à sua frente, cantando a velha canção de marinheiro que eles aprenderam com o pai – uma canção vulgar que tinham entoado aos risos por horas quando crianças. Mas, é claro, o irmão fora esmagado pela roda de uma carroça antes de completar seu vigésimo aniversário. Petyr não seria enganado. Declamou os salmos ainda mais alto, bradando-os até abafar a voz do demônio.

Então ficou em pé nas rochas e se inclinou sobre o lago para que o demônio visse seu rosto e ficasse tentado a emergir e reivindicá-lo. Continuou entoando os salmos enquanto o monstro cantava, mas assumiu uma expressão arrebatada, fingindo estar sendo seduzido. Estendeu a mão como se fosse tocar a água e então, quando seus dedos estavam prestes a romper a superfície, Petyr recuou e o demônio guinchou de frustração.

Ele fez isso repetidamente, recuando um pouquinho mais a cada vez, até que enfim o demônio ergueu a cabeça escorregadia para fora d'água e subiu nas pedras em sua direção. O demônio estendeu os membros, ansiando por Petyr, prestes a capturá-lo.

Os caçadores soltaram suas flechas.

O demônio tentou fugir, mas Petyr o agarrou pelo pulso e o segurou firme. As flechas ardentes choveram sobre ambos.

Embora sua capa tivesse pegado fogo e seu peito fosse atingido por sucessivas flechas, Petyr não o deixou escapar. Ele morreu naquele dia, mas o demônio também. O lago ficou livre e os aldeões voltaram a frequentar suas margens sem medo, ainda que as águas sempre parecessem mais frias do que antes.

Sankt Petyr é conhecido como o santo padroeiro dos arqueiros.

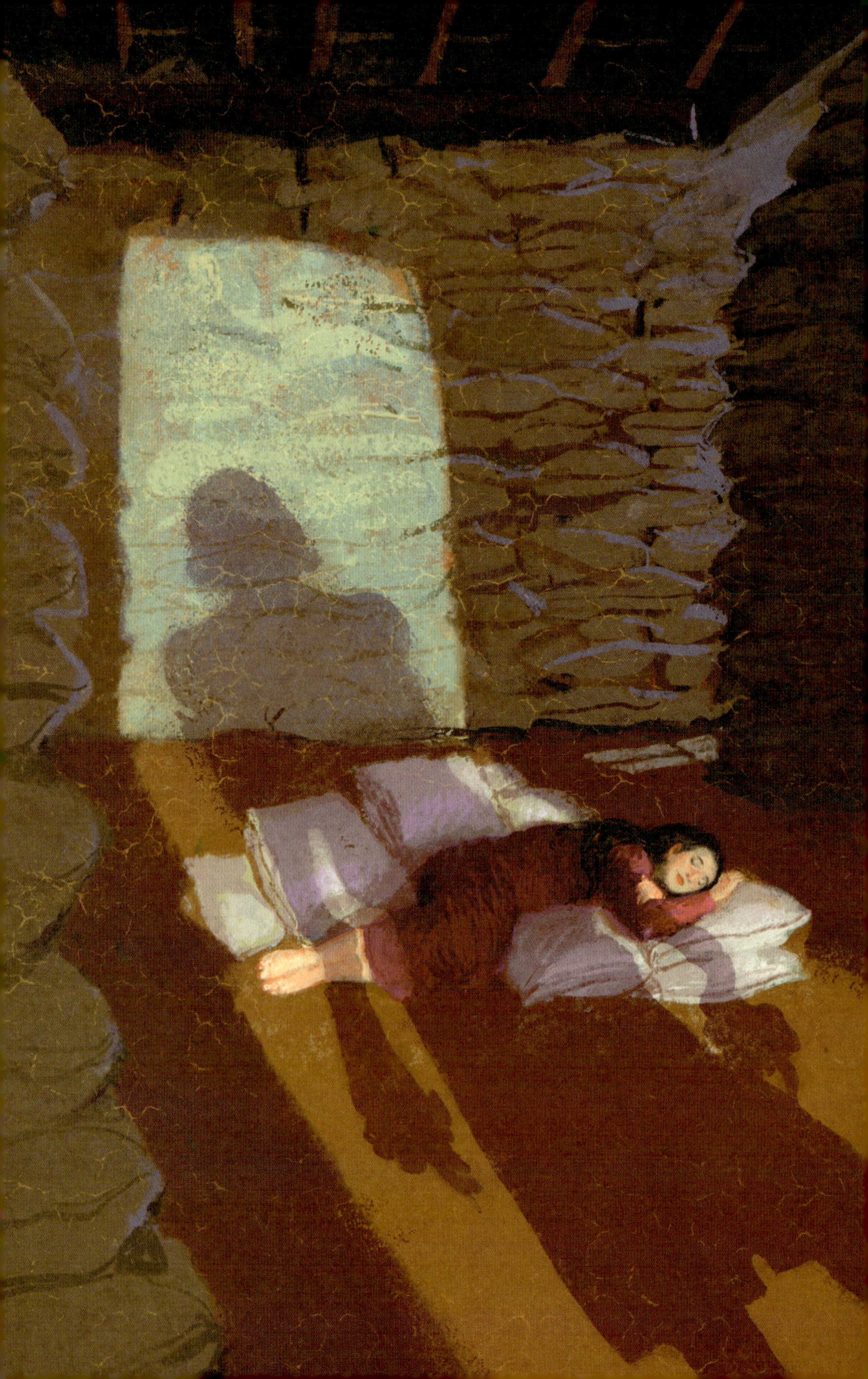

SANKTA YERYIN DO MOINHO

Na capital shu de Ahmrat Jen, os palácios de famílias nobres enfileiram-se ao longo das avenidas, mais grandiosos e elegantes do que em qualquer outra cidade no mundo. Toda primavera, esses aristocratas abrem as portas de casa aos vizinhos abastados, enfeitam as passagens com peônias e flores de damasco e competem entre si para ver quem consegue servir os bolos recheados mais deliciosos e elaboradamente decorados.

Muito tempo atrás, um nobre convidou amigos vindos de toda parte para celebrar. Pretendia oferecer um banquete extravagante, imaginando mesa após mesa disposta com bolinhos doces fritos. Mas, quando foi ao depósito, descobriu que as prateleiras estavam quase vazias e só restava um saco de farinha, suficiente apenas para fazer massa para uma dúzia de convidados.

O nobre praguejou e chamou seu moleiro, mas este o recordou de que, ao longo do ano, ele tinha dado toda a sua farinha aos amigos ricos a fim de impressioná-los. Embora houvesse muito trigo, não havia modo de moê-lo a tempo da festa.

Furioso, o nobre negou a acusação e chamou o moleiro de ladrão. A filha do moleiro, Yeryin, implorou-lhe que poupasse a vida do pai e prometeu que, no dia seguinte, se os santos fossem generosos, o depósito estaria cheio de farinha finamente moída. Embora o nobre concordasse em adiar a execução do moleiro, trancou Yeryin dentro do moinho e postou seus soldados do lado de fora, pois suspeitava que a garota fosse tão desonesta quanto o pai.

Ao alvorecer do dia seguinte, o nobre chegou com muitos amigos elegantemente trajados. Se não pudesse oferecer a eles um banquete, ao menos lhes proporcionaria o espetáculo de um enforcamento. Porém, quando abriu as portas do depósito, viu sacos de farinha empilhados até o teto e Yeryin, exausta, dormindo no chão.

O nobre chutou-a com a bota.

— Onde arranjou toda essa farinha? Impossível ter moído tudo isso em uma noite.

— Os santos me tornaram capaz — respondeu Yeryin.

— Com certeza vai estar grossa e inutilizável — ele declarou, mas todos os sacos estavam cheios da farinha mais fina e branca que já se vira.

Seria de pensar que o nobre teria ficado feliz, mas ele estava convencido de que Yeryin e o pai tinham, de alguma forma, conseguido roubar a farinha e enganá-lo. Como os soldados alegavam que Yeryin não saíra do moinho em momento algum, o homem concluiu que ela deveria ter cavado um túnel. Mandou que se buscassem pás, picaretas e um barril de vinho, e ele e os amigos rasgaram a terra, transformando aquilo numa brincadeira. Cavaram tão fundo e tão longe que, por fim, ninguém conseguia mais ouvir suas vozes ou o som de suas picaretas.

O moleiro abriu o depósito e convidou todos os seus amigos e os amigos da filha para se servir de quanta farinha quisessem. Então os criados do nobre desaparecido sentaram-se para fazer um grande banquete e brindaram a Yeryin muitas vezes.

Ela é a santa padroeira da hospitalidade.

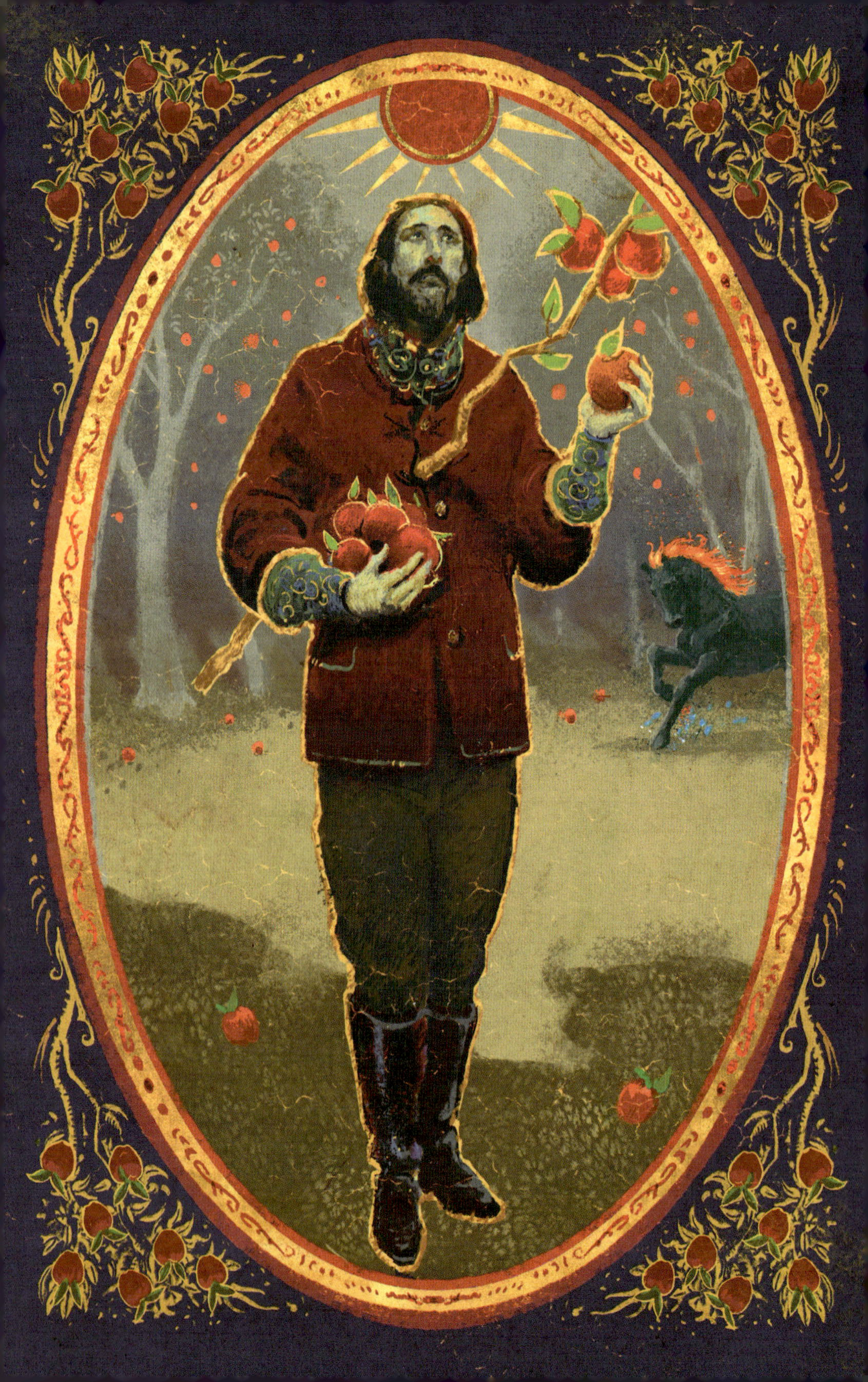

SANKT FELIKS ENTRE OS RAMOS

Quando Ravka ainda era um país jovem, menos uma nação e mais um bando de nobres e soldados briguentos unificados sob o estandarte do jovem rei Yarowmir, houve um terrível inverno. Não porque tivesse sido mais frio do que qualquer inverno anterior, mas porque a primavera não chegara quando deveria. As nuvens não se apartaram para deixar o sol aquecer os ramos das árvores e torná-los verdes. Não houve degelo que derretesse a neve. Por todo o campo, os pastos permaneceram estéreis e congelados.

Porém, no vale de Tula, sob um céu cinza pesado, os pomares de alguma forma floresceram. Essas árvores estavam sob os cuidados de um homem chamado Feliks, que dizia ser um monge guerreiro que já assumira a forma de um falcão para lutar pelo rei Yarowmir. Toda noite, as pessoas do vale alegavam ter visões perto dos pomares. Algumas viam um sol vermelho pairando no alto, outras, um muro de espinhos ardentes, e outras, ainda, um cavalo preto com uma crina de fogo e cascos que faiscavam quando batiam no chão, criando rios de chama azul.

Pela manhã, elas discutiam sobre o que tinham visto, cada história mais extravagante que a outra. Tudo que sabiam com certeza era que os pomares não sucumbiam à geada. Novas flores brotavam nas árvores, com pétalas brancas como estrelas que se tornavam cor-de-rosa, depois vermelhas, depois sumiam à medida que os ramos se enchiam com os botões verdes e duros de novas frutas.

Enquanto o frio permanecia teimosamente assentado sobre o restante de Ravka, o vale de Tula florescia; por fim, as pessoas que sofriam com a falta de colheita ficaram com inveja da abundância do vale e para lá se dirigiram com tochas e espadas para acusar Feliks de feitiçaria, apesar de sua reputação de homem santo.

As pessoas do vale alimentaram-se bem ao longo dos meses frios. Tinham braços fortes, suas crianças eram saudáveis e seu gado, robusto. Quando viram a luz das tochas, poderiam ter se unido para proteger Feliks. Em vez disso, refugiaram-se em suas casas, sua gratidão esmorecida pelo terror, como um botão de flor murcha na geada. Temiam que a multidão furiosa se voltasse contra elas e não queriam perder tudo que tinham, mesmo que isso significasse abandonar o homem que lhes concedera aquelas bençãos. Então deixaram os forasteiros queimar Feliks na fogueira.

A multidão amarrou Feliks no tronco fino e espinhoso de uma macieira jovem e o pendurou como um pedaço de carneiro sobre uma cama de brasas quentes, exigindo que confessasse ser praticante de magia das trevas.

Feliks lhes disse que não houve magia alguma, só natureza. Recusou-se a confessar qualquer crime e só pediu que fosse virado em seu espeto a fim de cozinhar-se mais uniformemente. Seus ossos foram espalhados pelo chão e, sem os seus cuidados, os pomares congelaram e nunca mais foram os mesmos. Desde então, as únicas árvores que cresceram naquele solo foram espinheiros, seus galhos pesados com frutos que nunca amadureciam. O povo do vale de Tula passou fome como todos os outros e enfrentou uma parcela igual de infortúnios.

Sankt Feliks é celebrado na primavera com banquetes de maçã e marmelo, sendo conhecido como o santo padroeiro da horticultura.

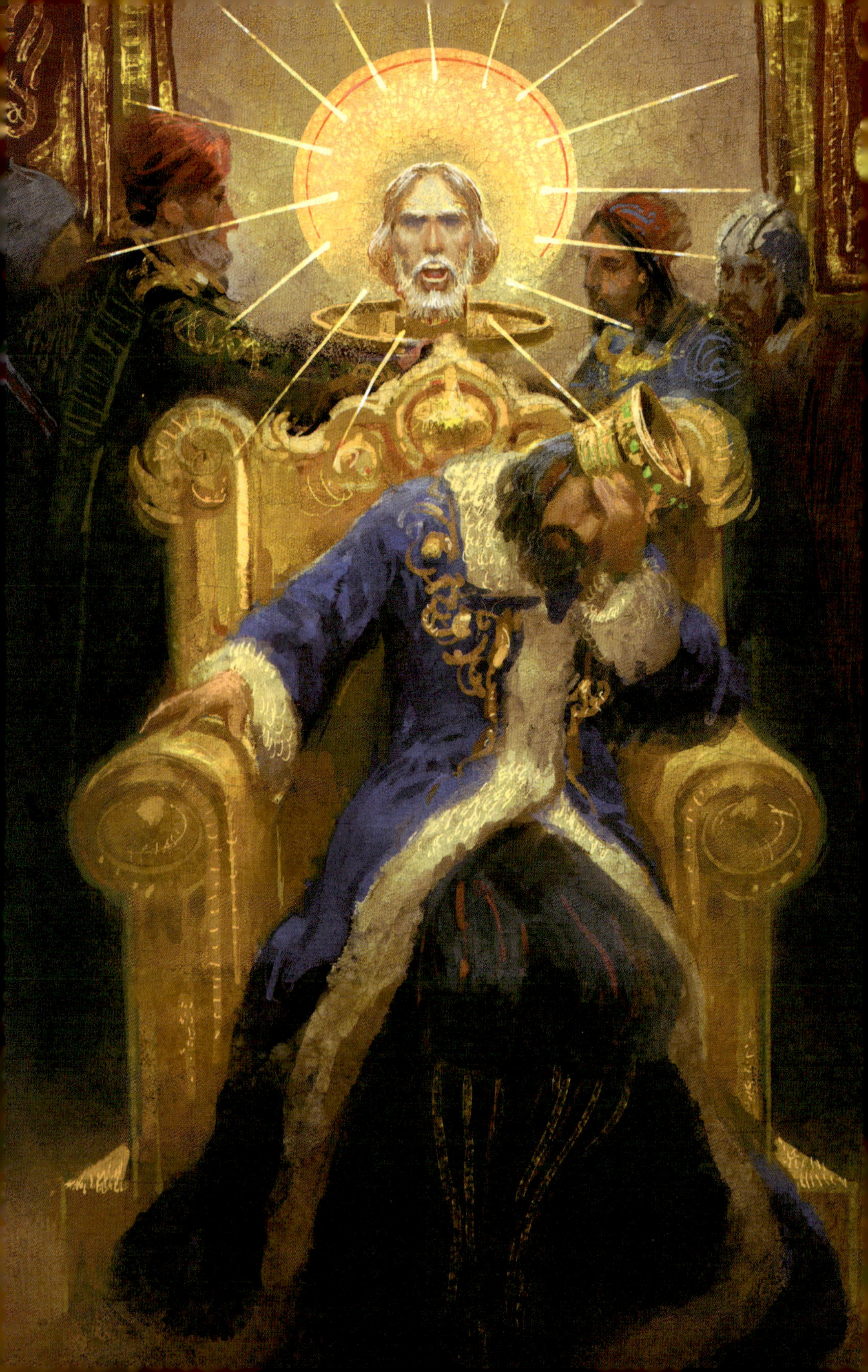

SANKT LUKIN, O LÓGICO

Havia um príncipe que desesperadamente queria ser rei. Entre seus conselheiros, encontrava-se um homem sábio chamado Lukin, em quem ele sempre podia confiar para receber conselhos sensatos – e recebia muitos deles. Alguns diziam que Lukin falava demais, outros o comparavam a um pássaro tagarela, e outros, ainda, discretamente enfiavam algodão nos ouvidos quando Lukin limpava a garganta para falar.

Mesmo que fosse verdade que os discursos de Lukin eram tão longos que os jovens adquiriam barba e que o trigo ficava a ponto de colher no tempo que ele levava para chegar a uma conclusão, essa conclusão era geralmente certeira. Ele previa quantos soldados um príncipe rival teria em seu exército e quando pretendia atacar; prenunciava um ano de seca e sabiamente alertava o príncipe para que reservasse água; orientava-o a realizar investimentos prudentes em expedições mercantes que retornavam com baús cheios de joias e ouro.

Certa vez, quando um exército vizinho estava ameaçando invadir o reino, o príncipe mandou Lukin negociar com eles. Quando chegou a hora de defender a sua causa, Lukin falou – e continuou falando, um argumento puxando o outro e o seguinte em uma maré infinita de palavras. Logo o general adormeceu, seguido pelos sargentos e assim por diante, até que cada membro do exército invasor tivesse morrido – ou ao menos adormecido – de tédio.

 O príncipe recompensou Lukin pela vitória sem derramamento de sangue e continuou a acatar seus conselhos. Com o tempo, assim como sonhara e Lukin tinha previsto, ele se tornou rei.

 Com a ajuda de Lukin, o novo rei governou com sucesso, expandindo seu território e poder. Mas a vida não estava livre de dificuldades. A primeira esposa do rei fugiu na calada da noite com um porqueiro, não deixando nada além de um bilhete confessando que preferia cuidar de porcos a usar uma coroa se isso significasse ouvir os discursos de Lukin. A segunda esposa se juntou a uma trupe de artistas de circo itinerantes. A terceira comeu uma ostra estragada e morreu, mas ninguém tinha certeza se fora mesmo um acidente. Cada uma dessas mulheres deu um filho ao rei.

 Conforme envelhecia, o rei começou a preocupar-se com o fato de que sua morte traria caos ao reino se os três filhos disputassem o trono. Sabia que devia escolher um herdeiro; então, como sempre fazia, foi aconselhar-se com Lukin.

 Após muitas horas expondo os vários fatores e possíveis resultados que cada escolha poderia implicar, Lukin fez algo que raramente fazia: parou de falar.

 Com isso, o rei fez algo que nunca tivera motivos para fazer antes: incentivou Lukin a continuar falando.

 Lukin confessou que o rei tinha gerado três tolos, cada filho mais imprudente e ganancioso que o outro. Nenhum deles era apto a governar e todos trariam grande infelicidade ao reino.

 — Bem — disse o rei —, se não pode me dizer quem se tornará o melhor rei, talvez possa me dizer quem seria o menos terrível.

Após muito debate, durante o qual a lua se ergueu e caiu e se ergueu de novo, Lukin anunciou que o segundo filho poderia, talvez – sob as condições adequadas, feitas todas as concessões necessárias ao temperamento, e recebendo conselhos apropriados e judiciosos – se tornar o governante menos desastroso.

O rei convocou sua corte e, diante de todos os cortesãos, decretou que, após sua morte, o trono deveria passar ao segundo filho – sob uma condição. Esse filho deveria jurar manter Lukin, seu conselheiro mais antigo e confiável, ao seu lado, para oferecer conselhos prudentes até o fim de seus dias. Diante de toda a corte, o segundo filho deu sua palavra, e alguns anos depois, quando o pai faleceu, foi coroado com toda pompa e cerimônia.

Seu primeiro ato como rei foi ordenar a execução de Lukin. Por mais que muitos cortesãos do antigo rei ansiassem por um descanso da língua de Lukin, tinham ouvido o segundo filho dar sua palavra de honra. Tal juramento não podia ser quebrado.

— Ah — disse o segundo filho —, mas eu só prometi manter Lukin como meu conselheiro até o fim de seus dias. Esse fim só vai chegar mais cedo do que o previsto.

Os cortesãos concordaram que isso respeitava os termos da promessa, e alguns até se impressionaram com a esperteza do novo rei. Talvez ele nem precisasse de um conselheiro.

Lukin foi conduzido ao cepo e caiu de joelhos com uma prece nos lábios, pois, mesmo em seus últimos momentos, não pretendia fazer silêncio. O carrasco ergueu seu machado e, com um único golpe, separou a cabeça de Lukin do corpo. Houve um *tunk* quando ela caiu e rolou de lado e, embora os cortesãos reunidos soubessem que não deveriam comemorar a morte de um sábio, soltaram um grande suspiro ao ouvir o súbito e glorioso silêncio, que não foi rompido por nenhum augúrio sombrio ou anúncio de desastres iminentes, nem por instruções sobre o melhor modo de preparar carne de veado ou longos discursos sobre o grande terremoto de Vandelor.

Um pássaro chilreou fora da janela. Em algum canto distante do castelo, uma mulher riu. O jovem rei sorriu.

Então uma voz quebrou o silêncio.

A cabeça de Lukin jazia na terra, mas seus olhos ainda estavam abertos e sua boca começou a se mover de novo. Ter a cabeça separada do corpo era uma experiência muito peculiar, capaz de inspirar muitas lições que ele estava ansioso por compartilhar.

O segundo filho foi obrigado a honrar sua promessa ou perder a coroa. A cabeça de Lukin foi colocada em uma bandeja de ouro, e dela ele pronunciou conselhos ao novo rei por todo o seu reinado, que foi longo, justo e infeliz.

Sankt Lukin é o santo padroeiro dos políticos.

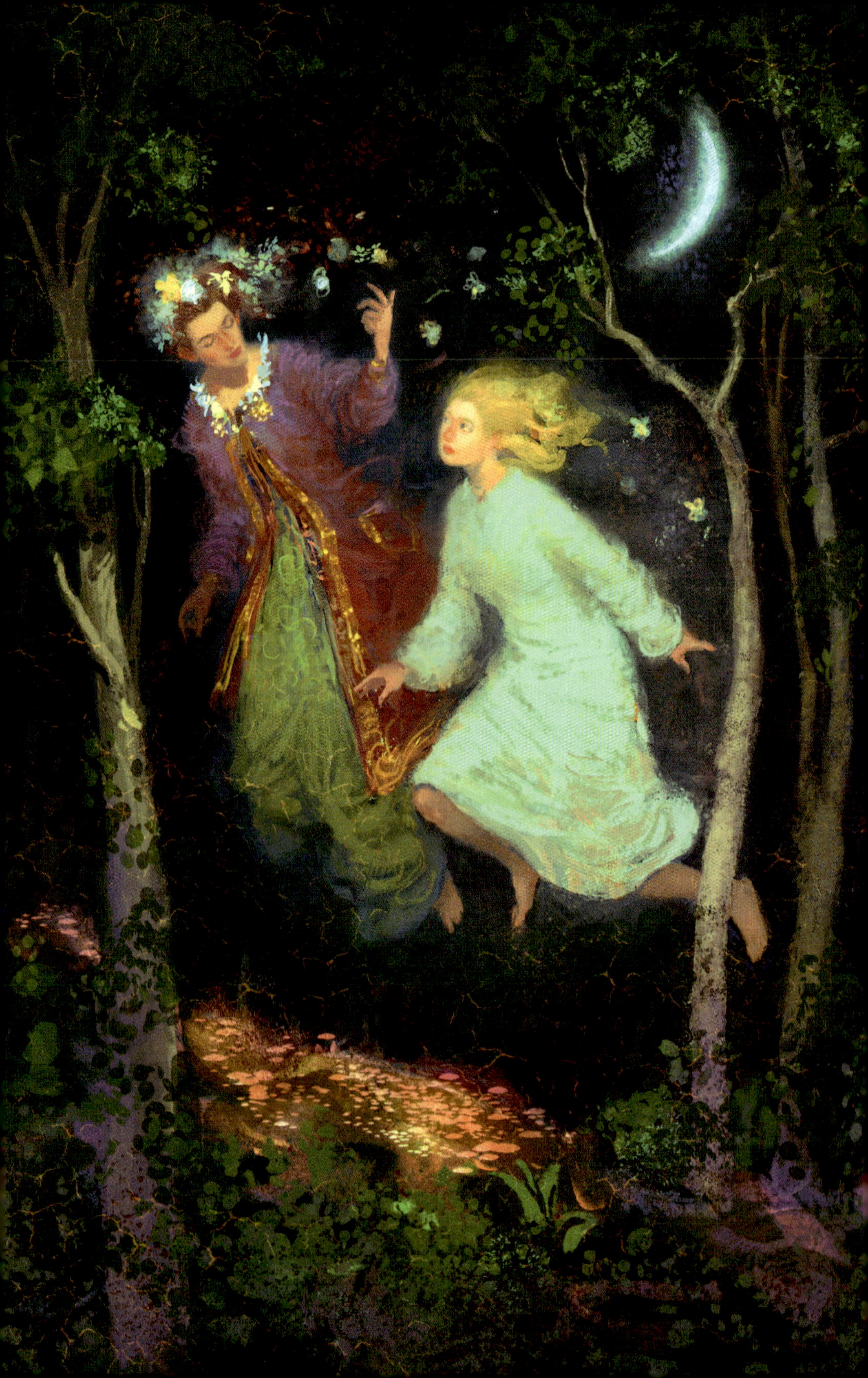

SANKTA MAGDA

Ravka sofreu com muitos anos ruins e, em um desses períodos amargos, as safras feneceram e o gado começou a morrer, levando o povo a passar fome. Como acontece muitas vezes em tempos sombrios, uma mulher foi acusada de ser bruxa e trazer aquela desolação para o vilarejo.

Seu nome era Magda e ela vivera muito tempo nas cercanias da cidade, oferecendo curas e poções de todos os tipos, fazendo partos e alimentando os bebês com seus mingaus e tônicos quando as mães de barriga vazia não tinham leite para dar.

Ela nunca se casara e não tinha família que a protegesse, e sua casa ficava em um belo terreno muito cobiçado por alguns dos líderes mais poderosos da cidade. Então Magda não ficou surpresa quando uma das esposas deles apontou um dedo ossudo para ela e acusou-a de se associar com demônios a fim de causar problemas para os cidadãos de bem.

Magda não ficou esperando as tochas serem acesas. Antes que a multidão raivosa pudesse bater à sua porta, fugiu para a floresta onde passara tanto tempo colhendo ervas e plantas para suas curas, um lugar que ela conhecia melhor do que qualquer caçador.

Os líderes do vilarejo congratularam-se por ter se livrado de uma bruxa, e as pessoas repousaram mais serenamente nas camas, seguras de que suas dificuldades estavam para acabar. Mas a chuva não caiu na primavera, a geada chegou cedo no outono e as vacas e ovelhas remanescentes não tinham o que pastar, de modo que adoeceram e morreram. Bebês — alguns dos quais Magda tinha ajudado a parir — berravam de fome no berço, e mães sufocavam os próprios filhos para pôr fim a seu sofrimento.

A cidade ficou inquieta; as pessoas pareciam aflitas. Quando sobreveio outro terrível inverno, começaram a fazer perguntas. Talvez Magda não fosse a única bruxa entre eles. Duas irmãs foram acusadas de fazer pactos sombrios com criaturas do outro lado: a mulher fria que mora no fundo do rio e o homem das sombras que se encontra atrás das portas.

Sem coragem de fugir para a escuridão dos bosques, as irmãs se refugiaram em casa.

— Com certeza nosso pai nos protegerá — elas sussurraram, enquanto tremiam nas camas estreitas. — Ou nossos irmãos.

Em vez disso, os irmãos roubaram-lhes os sapatos e o pai tomou seus casacos para que não pudessem fugir de casa.

As irmãs caíram de joelhos e rezaram aos santos para que alguém as protegesse, e, para a sua surpresa, uma visão apareceu na janela. Era Magda, embora parecesse mais jovem do que quando deixara a cidade.

— Venham — disse Magda. — Venham comigo agora e vivam como mulheres livres.

— É inverno — protestou a irmã mais velha. — Quer que corramos descalças e de camisola para a floresta, onde certamente morreremos de frio? Você é uma amiga de demônios, não uma mulher santa. Volte para o fundo do rio, bruxa!

Mas a irmã mais nova sabia que a salvação às vezes exigia sacrifícios. Ela reconheceu Magda como uma mensageira dos santos e implorou à irmã mais velha que viesse com ela, mas, quando a outra se recusou, pulou pela janela sozinha e seguiu Magda para a noite.

O chão da floresta estava frio e duro, e os ramos e pedras cortaram seus pés nus. O vento atravessava sua camisola e ela chorava amargamente.

Por fim, Magda falou com ela.

— Você chora e seus pés sangram. Sua pele está azulada de frio. Deseja voltar?

A garota balançou a cabeça.

— Morrerei na floresta como uma mulher livre na companhia das árvores. Melhor isso do que a pira.

Assim que disse essas palavras, sentiu-se soerguida e carregada sem que seus pés tocassem o chão da floresta. Antes que pudesse piscar três vezes, estava sentada dentro de uma cabana, ao lado de uma lareira, embrulhada em peles e com um prato de sopa à sua frente. Havia mulheres por todos os lados, atiçando o carvão no forno, secando ervas, cuidando do jardim sob o luar – um jardim que não deveria estar florescendo naquela época do ano.

A jovem soube que tinha chegado a um lugar de salvação. Fez preces em agradecimentos e tomou sua sopa.

Quanto à irmã mais velha, a multidão bateu à casa na manhã seguinte e nem o pai nem os irmãos barraram a porta. Ela contou a eles sobre a bruxa que tinha aparecido na janela e levado a irmã embora, defendeu sua pureza e sua alma devota, mas ainda assim foi amarrada em uma estaca e morreu nas chamas.

O pai e os irmãos entraram na floresta para caçar Magda e a irmã que ela sequestrara. Quando a noite começou a cair, sentiram o aroma de pão fresco, carne assando no fogo e figos marinados em vinho.

Enlouquecidos, aventuraram-se cambaleantes para a mata cerrada e nunca mais se ouviu falar deles. O mesmo destino acometeu muitos caçadores naquela floresta.

    O vilarejo continuou a passar fome, por mais moças que queimasse. No entanto, aquelas que rezavam a Magda muitas vezes se viam erguidas e carregadas até o coração da floresta, e por isso ela é conhecida como a santa padroeira das mulheres abandonadas, assim como dos padeiros.

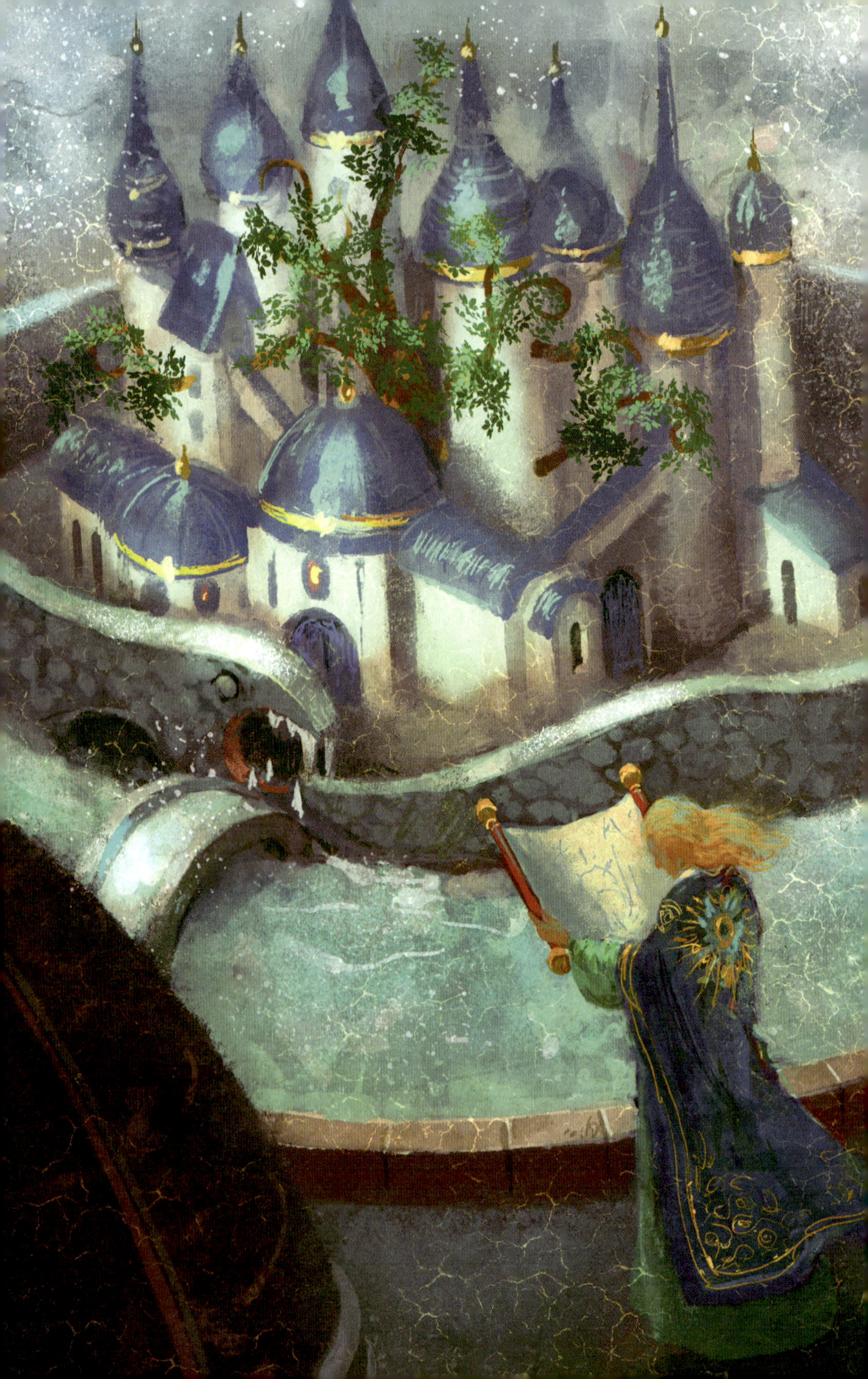

SANKT EGMOND

Desde que era garoto, Egmond tinha talento para desenhar e construir. Quando a torre da igreja em seu vilarejo começou a pender para um lado, ele descobriu um modo de reforçar sua fundação. Na manhã seguinte, um imenso freixo foi encontrado crescendo ao lado dela e, desde então, soube-se que Egmond tinha o favor dos santos – embora aqueles que veneram Djel gostem de reivindicar as cinzas e Egmond como seus.

Egmond era capaz de forjar metais que nunca enferrujavam, criar pregos que não se vergavam e entalhar pedras em formas fantásticas — colunas delgadas que de alguma maneira sustentavam traves enormes, esferas perfeitamente lisas que se equilibravam como que suspensas no ar, criaturas mágicas tão detalhadas que pareciam prestes a rosnar ou alçar voo. Ele começou a ser requisitado por homens ricos e por nobres para construir suas casas, mas o resultado nunca era o que eles tinham encomendado.

Alguém pedia a construção de um palácio de inverno de três andares, pelo menos quatro metros mais alto que o do vizinho e com o dobro de quartos. Egmond entregava uma casa de cem cômodos, erguidos para se parecerem com os tentáculos grossos de um kraken esmagando um navio.

Em vez de um silo, ele construía uma torre de ramos de pedra ornados com gemas impossíveis.

Em vez de uma escola retangular e prática, construía um orbe de vidro e pedra com janelas para que cada aluno pudesse olhar através delas, fazendo a paisagem ao redor parecer tão estranha quanto um reino distante.

Por fim, um dos clientes frustrados de Egmond decidiu que vira o suficiente. Quando a mansão de veraneio grandiosa que tinha encomendado acabou se tornando um pomar de residências construídas na forma de árvores ocas – todas elas escondidas por trás de uma parede inamovível de névoa –, ele acusou Egmond de fraude. Egmond foi lançado nas masmorras do castelo real, no alto dos penhascos sobre Djerholm.

Se alguém tivesse que ficar no castelo, as masmorras não eram o pior lugar. As celas eram frias e úmidas, mas protegiam do vento que soprava através das rachaduras nas paredes dos cômodos acima.

Enquanto as tempestades impiedosas da costa fjerdana rugiam, os príncipes e princesas, reis e rainhas, aconchegavam-se perto de lareiras que não conseguiam manter acesas. As tempestades nunca paravam para respirar; uivavam e uivavam como feras incansáveis. Um dia, a torre de vigia do castelo tombou. A água jorrou pelo telhado agredido, empoçando-se nas câmaras reais, e a rainha acordou e viu sua coroa flutuando corredor abaixo.

A família real chamou engenheiros e arquitetos à corte, mas todos diziam a mesma coisa: este lugar é amaldiçoado; deixem os penhascos altos e transfiram a capital.

Na noite de Hringkälla, quando os cômodos deveriam estar lotados com pessoas bebendo e dançando, o castelo se encontrava praticamente vazio. Todos os cortesãos que puderam fugir tinham feito isso, buscando refúgio na cidade abaixo. Todos os convivas que foram chamados tinham educadamente recusado o convite. O vento chegava num lamento do mar como um bebê arrancado do seio da mãe, e as paredes do castelo balançavam de um lado para o outro.

— Ninguém vai nos salvar? — lamentou o rei.

— Ninguém vai nos ajudar? — choramingou a rainha.

Nas masmorras subterrâneas, Egmond pôs uma das mãos em uma poça de água de chuva e a outra na parede do castelo, onde uma gavinha finíssima de raiz tinha começado a se infiltrar pelas fissuras na pedra. Escutou-se um grande rumor e, por um momento, pareceu que a construção inteira sairia voando. Então um último rugido trovejante ecoou pela noite, e um freixo enorme irrompeu do chão e atravessou o centro do castelo.

Caiu um silêncio. Um silêncio verdadeiro. O vento calou-se. A chuva não pingava mais do telhado. As raízes do freixo tinham selado os pisos, coberto as rachaduras na pedra e criado esteios nas paredes do castelo. Sua casca era branca e brilhava como neve fresca.

Um guarda tinha visto o que Egmond fizera nas masmorras e levou o prisioneiro diante do rei e da rainha.

— É você o rapaz que salvou nosso castelo? — perguntou o rei.

— Sim — respondeu Egmond. — E, se permitir, construirei um grande palácio que ficará em pé por toda a eternidade e jamais será invadido.

— Faça isso e será recompensado — determinou o rei. — Falhe e será executado como um ladrão e uma fraude.

O palácio que Egmond construiu era diferente de tudo que já se vira. Uma serpente de pedra protegia as torres altas, a ponte de vidro e o fosso de gelo flutuante, a torre do relógio prateada e o freixo sagrado no seu coração. Desde então, a Corte do Gelo tem se mantido firme, seus muros jamais tomados por qualquer exército.

Sankt Egmond é o santo padroeiro dos arquitetos.

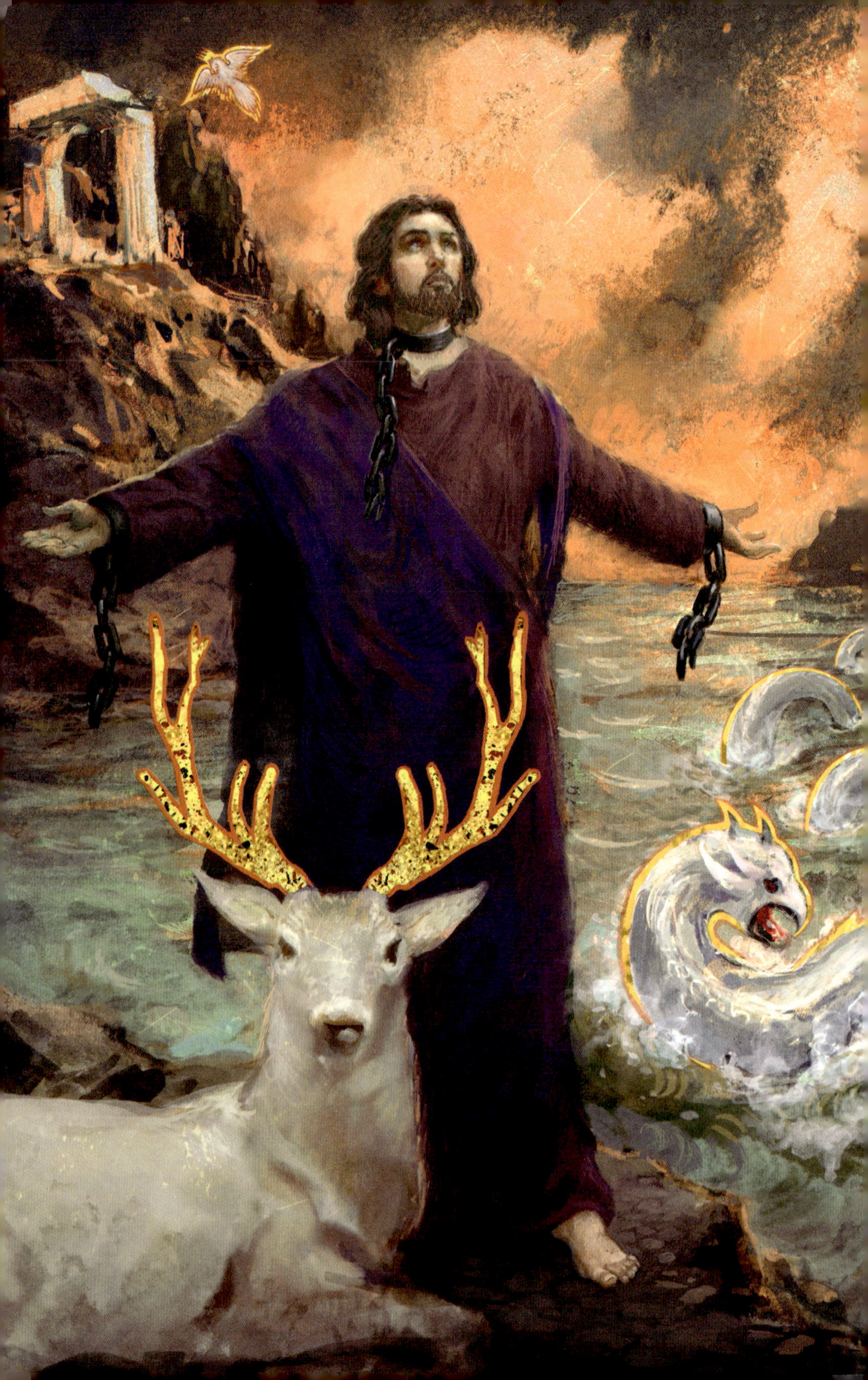

SANKT ILYA ACORRENTADO

Um curandeiro e inventor talentoso morava nos arredores de uma aldeia rural. Ilya era um recluso e sentia-se mais feliz quando trabalhava a sós em sua oficina, mas sempre tinha um tônico à mão e ajudava com o arado quando pediam. Só era visto na aldeia quando trocava suas curas ou as peles de animais capturados por mercadorias. Nessas raras ocasiões, era geralmente visto rabiscando freneticamente em um velho caderno de couro.

Certa vez, um homem lhe perguntou:

— Ilya, que grandes maravilhas está imaginando nessas páginas?

Mas Ilya só franziu o cenho e continuou seguindo seu caminho, ansioso para retornar a seus experimentos. O que ele esperava realizar em sua oficina era um mistério, e muitos suspeitavam de que já havia passado da ambição à loucura fazia tempos.

Então, um dia, quando estava enterrado em seus livros e poções, Ilya ouviu gritos nos campos além de sua casa. Seguiu os sons terríveis e encontrou um fazendeiro e sua esposa chorando sobre o corpo do jovem filho. A criança tinha sido quase cortada ao meio pela relha de um arado e seu sangue encharcara o solo, criando um halo vermelho ao redor do corpo. Seus olhos estavam cinzentos e vítreos; nenhum ar movia seu peito. Ninguém poderia se recuperar de tal ferimento.

Mas Ilya se agachou e, com a cabeça curvada, apoiou as mãos sobre o que deveria ser um cadáver. Para o choque de todos ao redor, a ferida pareceu se fechar. Momentos depois, os olhos do garoto desanuviaram. Ele piscou. Seu peito começou a subir e descer — em soluços e arquejos, no começo, e depois em um ritmo regular. O menino sentou-se rindo e chamou a mãe e o pai para que o abraçassem.

Mas os pais da criança não foram até ela. Tinham visto a gravidade do ferimento. Tinham visto a vida deixar seu corpo. O que quer que estivesse sorrindo com os braços estendidos não era seu filho.

Os aldeãos que chegaram correndo ao ouvir o choro da mãe agora encaravam a criança que não deveria estar respirando e o homem que, de alguma forma, devolvera o ar aos seus pulmões. Não era natural criar vida da morte. E eles se perguntaram onde estivera Ilya quando suas esposas, filhos e entes queridos sofriam. Onde estivera esse grande curandeiro quando o bebê de Yana nasceu frio e azulado? Ou quando a catapora de fogo levou metade do vilarejo poucos anos antes? Por que ele não aparecera quando Baba Lera definhava, enfraquecendo dia após dia e rezando por uma morte que não veio até que ela era pouco mais que uma pilha de ossos esfregando as contas de seu rosário?

Eles agarraram Ilya e o prenderam em pesados grilhões, com uma argola para o pescoço e algemas para os pulsos e tornozelos. Arrastaram-no até a ponte acima do rio, onde a água espumava branca ao redor das pedras pontiagudas, e jogaram Ilya lá embaixo. Dizem que seu cadáver emergiu em um banco de areia muitos quilômetros ao sul, perfeitamente preservado e vigiado por um cervo branco, que manteve vigília sobre o corpo por três meses inteiros.

O garoto que Ilya trouxe de volta do outro mundo vagou pelo vilarejo, chamando pelos pais e implorando por um lugar para dormir. Todas as portas se fecharam para ele, e assim restou-lhe perambular pelos bosques, onde ainda se pode ouvir seu choro.

Sankt Ilya é o santo padroeiro das curas improváveis.

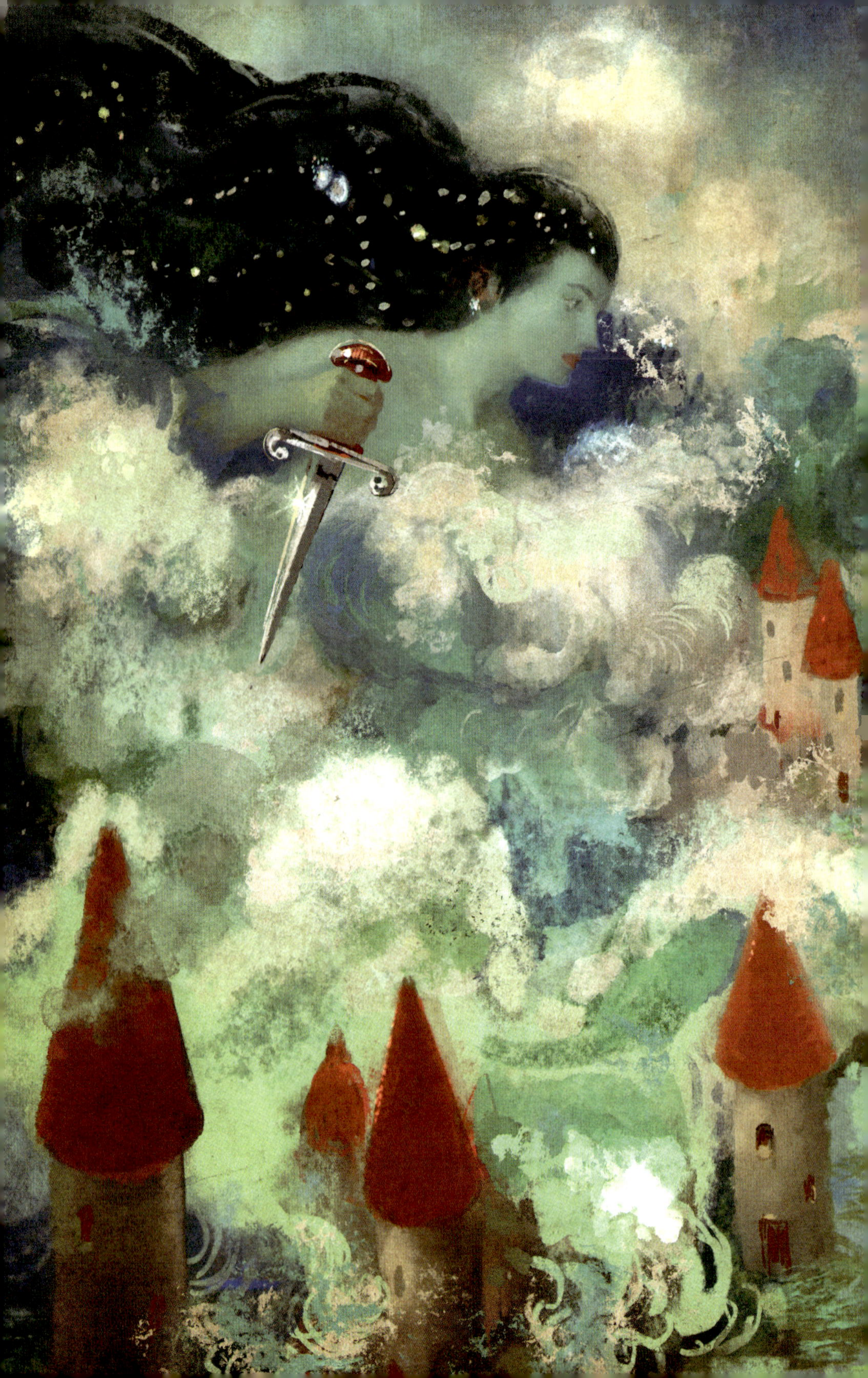

SANKTA URSULA DAS ONDAS

Nas regiões mais ao norte de Fjerda, uma jovem princesa chamada Ursula passou a venerar os santos e a rezar todos os dias para eles. Aqueles que se ajoelhavam no altar de Djel consideraram essa adoração ilegal e exigiram que ela renunciasse à prática.

Ela se recusou. Convencidos de que sua teimosia era um sinal claro de que estava possuída por algum demônio, seus familiares a arrastaram para a praia, determinados a expulsar o espírito maligno que se apossara da alma da jovem. Lá, nas águas rasas, cercados por moradores locais que murmuravam preces a Djel, eles a seguraram embaixo d'água enquanto batiam na superfície do mar com ramos de freixo. Mas não importavam quantas vezes a empurrassem sob as ondas e quanto tempo a segurassem ali, ela não se afogava nem resfolegava em busca de ar.

Os fjerdanos encararam isso como prova de que a jovem se tornara receptáculo de algum poder profano. Alegaram que ela certamente não era mais uma garota natural, e sim metade peixe, e que deveriam abri-la para ver se ainda era realmente humana.

Uma faca foi levada à praia e dada a um sacerdote de Djel, mas, antes de desembainhá-la, ele implorou a Ursula que renunciasse à sua fé e voltasse a honrar a Nascente. Ursula se recusou.

Preparado para cortá-la ao meio e provar que ela não era mais uma garota humana, e sim alguma criatura malévola e escamosa, o sacerdote encostou a ponta da faca na base da garganta da princesa. Então, de repente, um grito soou da torre de vigia da cidade. A multidão que havia se reunido na praia olhou para o mar e, a distância, viram uma onda avançando em direção à sua comunidade, tão larga e tão alta que bloqueava o sol. Eles se viraram e correram, mas não havia para onde fugir.

A grande onda consumiu a cidade. Assim como a lâmina do sacerdote tentara cortar Ursula ao meio, o oceano partiu o litoral, separando-o da costa norte de Fjerda e criando as ilhas conhecidas como Kenst Hjerte – o coração partido. Ursula, que tinha se aferrado resolutamente à sua fé, sobreviveu até uma idade avançada morando em uma caverna rochosa numa das ilhas, não comendo nada além dos mexilhões e ostras que coletava das poças deixadas pela maré e não bebendo nada além de água salgada.

Uma capela foi construída na rocha em sua ilha, onde esposas de marinheiros ainda rezam para Ursula, santa padroeira dos que se perderam no mar. Elas deixam oferendas de pão assado na forma de peixe e pedem o breve retorno dos amados. Quando partem, algumas encontram ossos ou pérolas nos bolsos – mas ninguém tem certeza se esses presságios são bons ou maus.

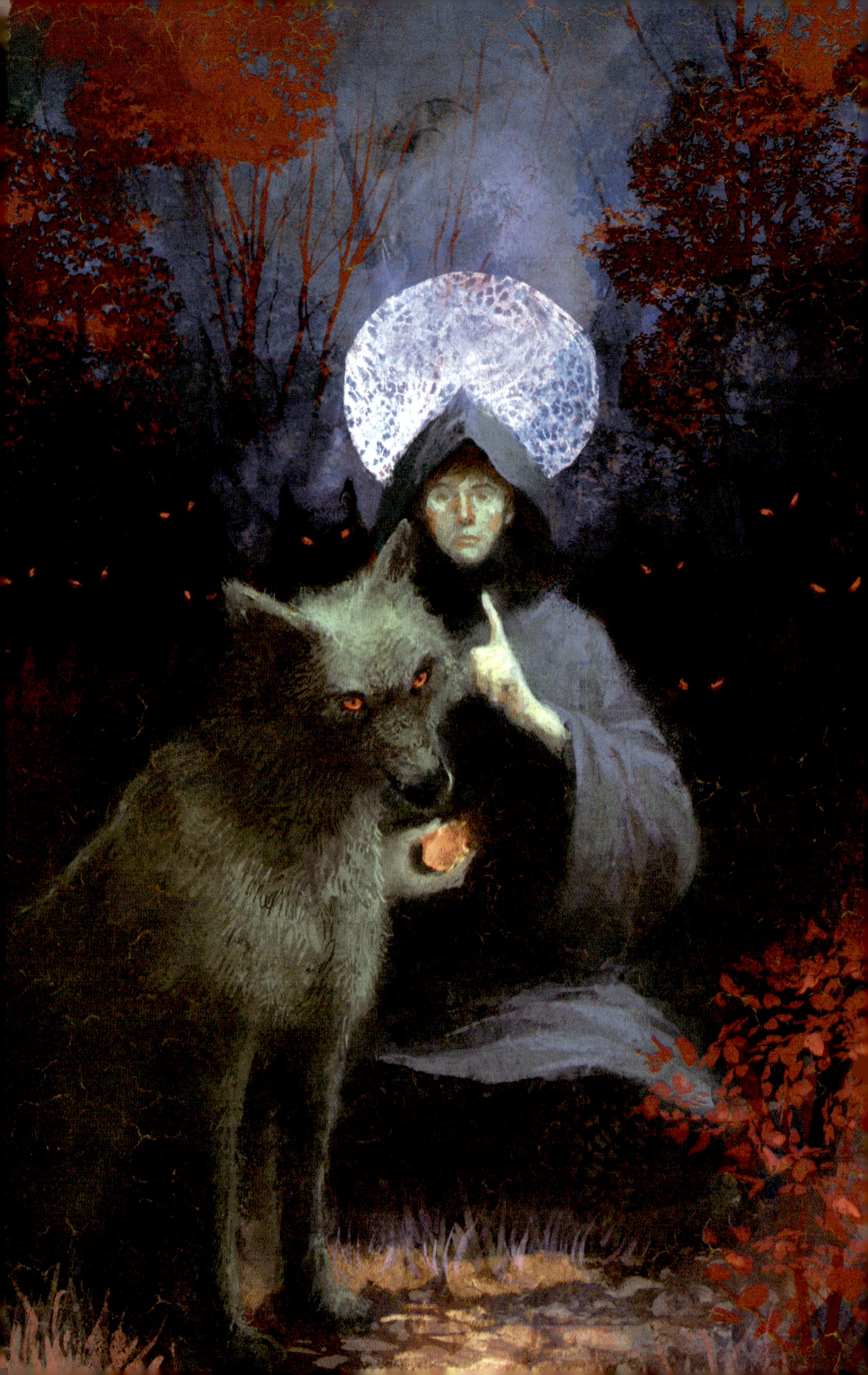

SANKT MATTHEUS

Uma fera andava aterrorizando uma cidadezinha na fronteira com o permafrost. Crianças eram levadas diante dos olhos vigilantes das mães, e homens eram massacrados nos campos.

Alguns diziam que a fera era um urso; outros, uma matilha de lobos. Outros ainda alegavam que era um tigre que tinha escapado da coleção de animais de uma aristocrata. Os anciãos da cidade ofereceram uma recompensa pela fera e muitos caçadores locais entraram nos bosques, mas nenhum retornou com uma pele para compensar seus esforços – e muitos nem sequer retornaram.

Os moradores do vilarejo escreveram ao rei para pedir ajuda, e ele enviou seu melhor caçador, um homem gigante chamado Dag Ivar. Ivar e seus homens chegaram em um grande desfile de carruagens, espadas e balestras. Vestidos em casacos de lã e veludo pesados e com as peles das feras que tinham abatido, eles se acomodaram na melhor casa da cidade. Ivar e seus homens juraram que capturariam a fera e mandariam sua pele para o rei antes do final do inverno.

Mas sua primeira incursão pelos bosques foi infrutífera, assim como a segunda e a terceira. As armadilhas que puseram permaneceram intocadas. Eles seguiam rastros que pareciam desaparecer e passavam horas andando em círculos.

Ivar só ria. Se a fera queria um desafio, ele lhe daria um. Os caçadores se vestiram de mulher, dado que a fera costumava atacar moças que viajavam sozinhas. Tentaram atrair o monstro com os corpos ainda frescos de suas vítimas mais recentes. Pintaram as árvores com sangue de porco.

Dias se passaram e nenhuma fera foi morta. Nesse meio-tempo, uma garota que buscava ovos no galinheiro foi estraçalhada a tal ponto que pedaços de seu corpo foram encontrados em uma nuvem úmida de penas de galinha ensanguentadas. Três crianças desapareceram voltando da escola para casa – num momento estavam ali e então sumiram, sem deixar nada para trás, exceto o eco de seus gritos.

Logo os aldeãos passaram a zombar do grande caçador. Paravam em frente ao seu alojamento vestidos com imitações baratas de suas peles elegantes e capa de veludo, uivando nas primeiras horas do dia.

Cansado do assédio, Dag Ivar pediu permissão ao rei para voltar para casa. Aquelas pessoas eram pagãs e não mereciam a atenção de Sua Majestade; certamente a fera que as atacava era uma punição justa para seus hábitos demoníacos. Mas o caçador não recebeu uma resposta por carta. Em vez disso, o coche do correio chegou com um homem santo, um monge conhecido como Mattheus.

— Eu vou falar com os lobos — ele disse a Dag Ivar, e partiu para o bosque.

O caçador riu com gosto e prometeu enterrá-lo com muita pompa e cerimônia – se eles conseguissem encontrar seus restos mortais. Mattheus não tinha medo. Sabia que os santos o acompanhavam.

Menos de uma hora depois de entrar nos bosques, o monge avistou uma forma cinzenta movendo-se entre as árvores. A loba se aproximou furtivamente, andando em círculos, seus olhos amarelos como luas amuadas na escuridão crescente. Mattheus não se intimidou. Tinha enchido sua bolsa com carne e peixe salgado, e ofereceu comida à loba da própria mão.

Se não fosse um homem tão abençoado, quem sabe o que teria acontecido. Mas, como era bom e amado pelos santos, a loba se aproximou e não o devorou imediatamente. A criatura farejou a carne, cautelosa no caso de a comida estar envenenada, e por fim comeu da palma de Mattheus. Eles ficaram sentados por um tempo, enquanto Mattheus alimentava a loba e contava eventos de sua jornada.

Depois de transcorrido certo tempo, ele disse:

— Você devorou muitas pessoas da cidade e elas desejam caçá-la e matá-la.

— Que tentem — respondeu a loba.

— Temo que o caçador de lobos ateie fogo aos bosques para aliviar seu orgulho ferido.

— O que posso fazer? — perguntou a loba. — Meus filhotes também têm que comer.

Mattheus não tinha resposta para isso, então fez o que podia. Todo dia entrava no bosque com preces nos lábios e comida nas mãos, e todo dia sentava-se com a loba e, por fim, com seus filhotes.

Os lobos passaram a comer bem, então as mortes cessaram. Os moradores da cidade podiam arar seus campos e seus filhos brincavam perto do bosque sem medo.

Mas o caçador de lobos Dag Ivar não podia dar dois passos na rua sem que as pessoas zombassem dele. Ele gritava e se enfurecia e, quando não aguentou mais os risinhos e gracejos, foi até o centro da praça do vilarejo para denunciar Mattheus. Alegou que o homem santo se associava com as feras e as tinha atraído para o local, para começo de conversa.

As boas pessoas do vilarejo atearam fogo à bainha da bela capa de veludo do caçador de lobos e perseguiram Dag Ivar pelas ruas até enxotá-lo da cidade. Mattheus continuou a visitar os filhotes até eles mesmos se tornarem lobos crescidos. Vinham quando ele chamava, deitavam-se a seus pés, abanavam o rabo quando ele contava histórias. Os filhotes deles eram mansos do mesmo jeito e passaram a vigiar as portas e lares do vilarejo que a avó um dia aterrorizara.

Eles foram os primeiros cães, e por isso Sankt Mattheus é o santo padroeiro dos que amam e protegem os animais.

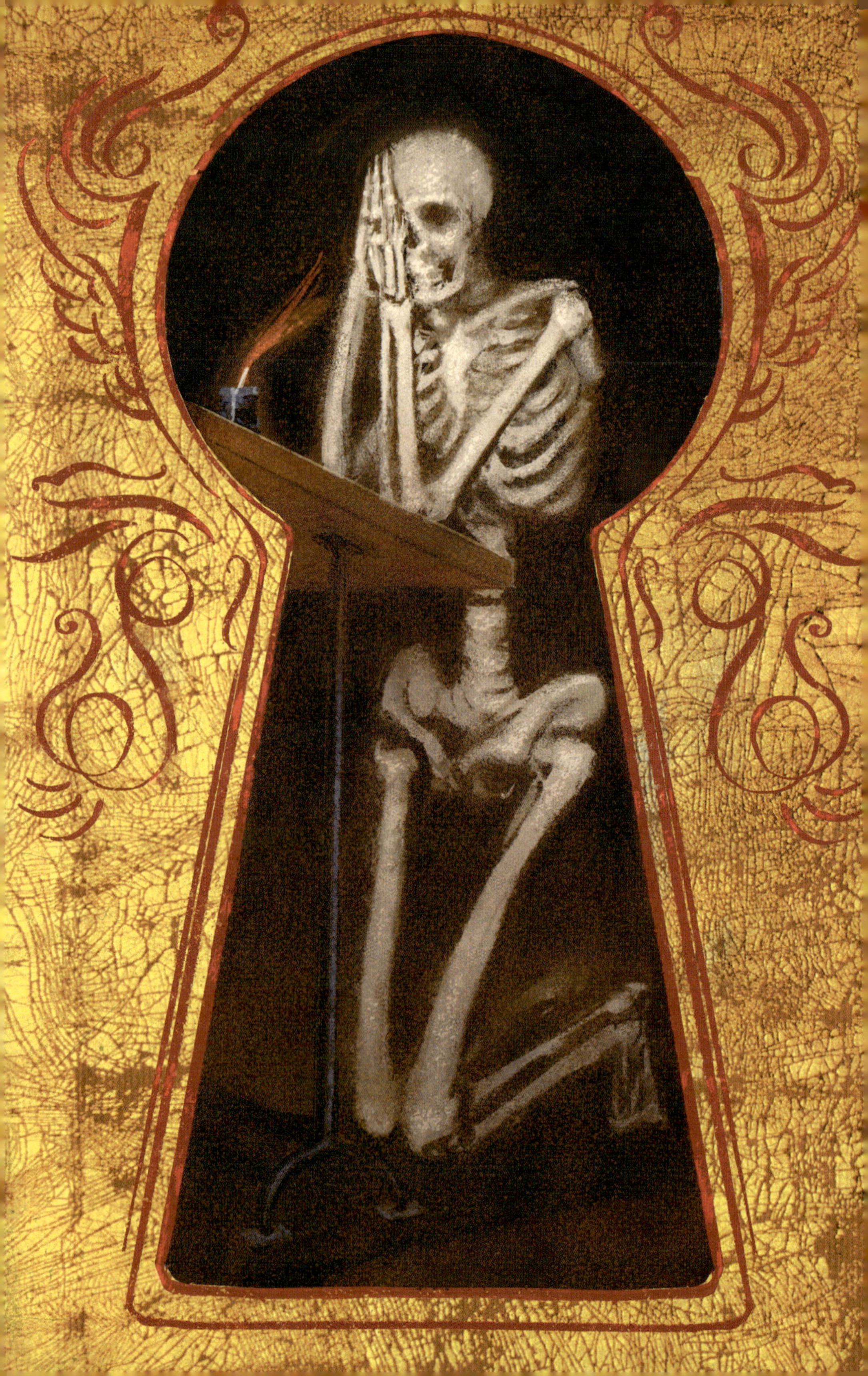

SANKT DIMITRI

Dimitri era filho de um rei, mas não queria sê-lo. Desde uma tenra idade, seu único desejo era contemplar os feitos dos santos e estudar as escrituras em vez da arte da política.

Quando chegou a hora de assumir suas responsabilidades como futuro governante e encontrar uma noiva, implorou o perdão dos pais e informou-os de que não tinha qualquer intenção de se casar ou um dia subir ao trono. Dedicaria sua vida à prece e à piedade.

O rei não tinha outros herdeiros, então ele e a esposa tentaram persuadir o filho a ficar de todos os modos possíveis – alguns gentis, outros cruéis. Toda vez, Dimitri refutava seus argumentos e ataques com a mesma tranquilidade. Não se casaria. Não usaria uma coroa. Viveria a vida que tinha escolhido e nenhuma outra.

Sem saber o que fazer, o rei e a rainha ordenaram que seu único filho fosse trancado em uma torre, jurando que ele não receberia comida até concordar em se casar e tornar-se o príncipe que nascera para ser. Todo dia, a rainha batia na porta da torre e, todo dia, Dimitri lhe dizia que não desceria. Ela ofereceu-lhe doces e salgados, pratos que ele amava quando criança, carnes assadas com especiarias de terras distantes, mas Dimitri sempre respondia que não precisava de nenhum sustento além de sua fé.

Prosseguiu-se assim por mais de um ano. A rainha e o rei tinham certeza de que os criados estavam dando comida escondido ao filho, então ordenaram que a porta fosse selada e que guardas fossem postados sob a janela da torre. Ninguém entrou ou saiu, mas Dimitri ainda se recusava a aparecer.

Por fim, a rainha exigiu que a torre fosse aberta para que pudesse ver o filho. Quando os guardas arrebentaram a porta, encontraram um esqueleto sentado à escrivaninha de Dimitri. Ele alegremente acenou para a rainha e convidou-a a acompanhá-lo em sua reza. A rainha saiu correndo da torre aos gritos, e o rei e todos os seus criados a seguiram.

Sankt Dimitri, santo padroeiro dos estudiosos, talvez ainda esteja rezando ali.

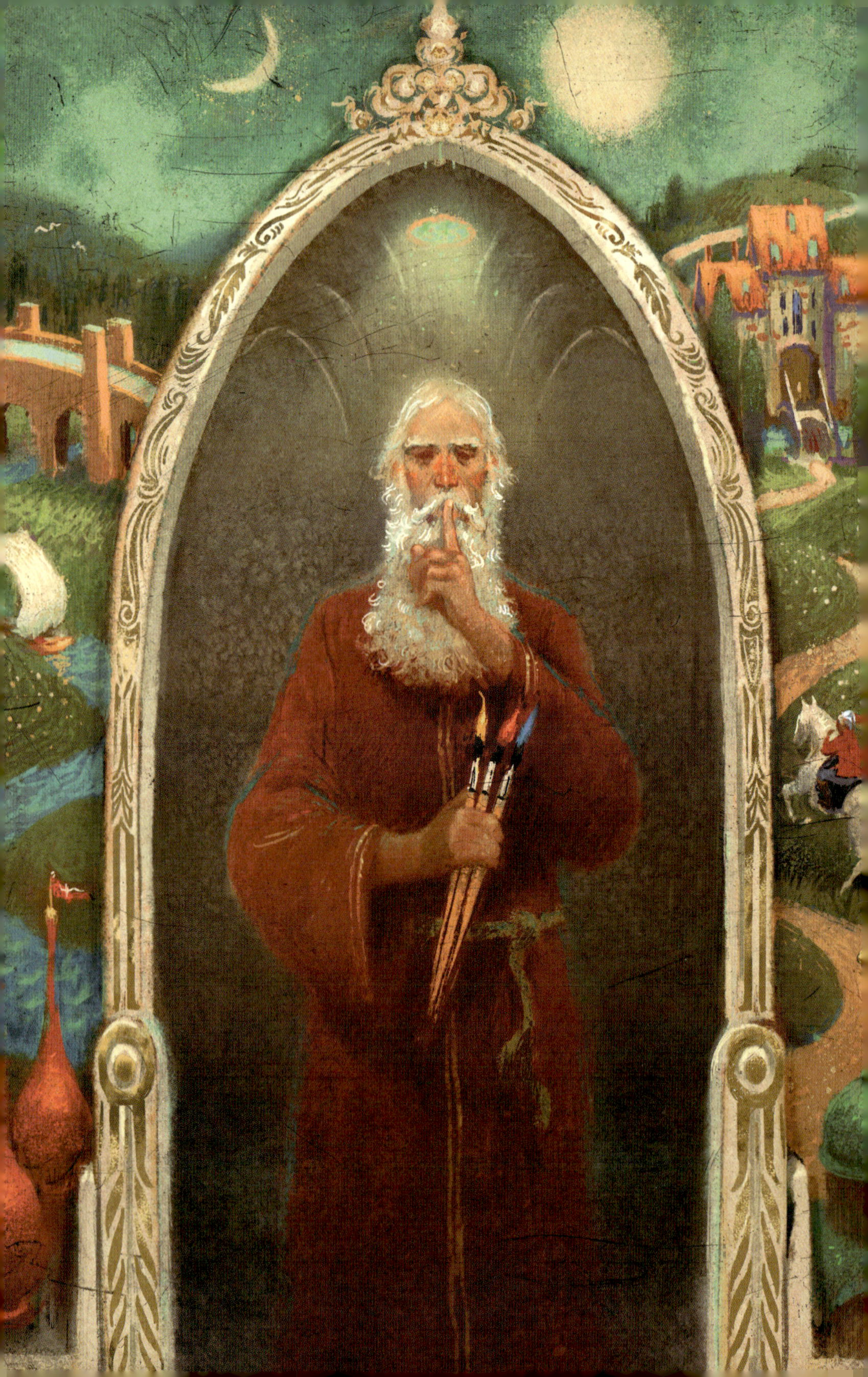

SANKT GERASIM, O INCOMPREENDIDO

Quando jovem, o monge Gerasim fez um voto de silêncio ao qual se ateve por mais de cinquenta anos, jamais falando uma palavra sequer. Em seu septuagésimo aniversário, despediu-se dos outros monges e partiu do monastério onde passara a vida inteira. Fez uma peregrinação pelo Mar Real e viu muitos lugares estranhos e coisas extraordinárias.

Quando retornou, o duque – que era o proprietário das terras onde ficava o monastério – ordenou que Gerasim comparecesse diante dele e falasse para a corte sobre sua jornada e as maravilhas que presenciara. Gerasim, porém, recusou-se a quebrar sua promessa.

O duque e a esposa não ficaram contentes e chamaram o abade, que implorou a Gerasim que falasse; disse a ele que, caso contrário, o monastério poderia perder a benevolência do proprietário, e que os monges poderiam perder seu lar. O abade prometeu que os santos o perdoariam por quebrar seu voto de silêncio.

Mas Gerasim não falava desde os quinze anos. Já vivia no monastério muitos anos antes da chegada do abade e esquecera havia tempos como usar a língua. No entanto, não queria que seus irmãos perdessem seu lar. Gesticulou, pedindo que tintas e pincéis lhe fossem trazidos e ali, no grande salão do palácio do duque, pintou um mural que se estendia do piso ao teto e de parede a parede. A pintura mostrava os portos e planícies de Novyi Zem, as docas apinhadas de Kerch, as névoas e costas rochosas da Ilha Errante. Mostrava criaturas de todas as formas e tamanhos, pomares florescendo com frutas desconhecidas, homens e mulheres em todo tipo de vestes e trajes elegantes, e, no último canto, o palácio gracioso do duque. Gerasim pintou a si mesmo e o abade diante do duque e da duquesa – tanto o nobre como sua bela esposa vestidos de ouro.

Dizem que os santos guiaram sua mão, pois nenhum homem poderia criar uma obra tão perfeita. As cores reluziam como que iluminadas pela luz do sol, e as nuvens pareciam se mover pelo céu pintado.

Mas, no fim, o duque e a duquesa não gostaram do modo como tinham sido retratados e ordenaram que Gerasim fosse executado. Ele morreu sem jamais proferir uma palavra, nem mesmo para implorar por sua vida.

Os monges foram ordenados a deixar seu lar e o monastério foi destruído, suas pedras usadas para construir uma nova ala do palácio do duque. Dez anos depois, quando o duque oferecia um banquete extravagante, ocorreu um terremoto. Nem o palácio nem a ala nova sofreram danos, e nenhuma pedra foi deslocada – exceto a parede com o mural de Gerasim, que desabou matando o duque, a duquesa e todos os seus convidados, enterrando-os sob as maravilhas do velho monge.

Gerasim é conhecido como o santo padroeiro dos artistas.

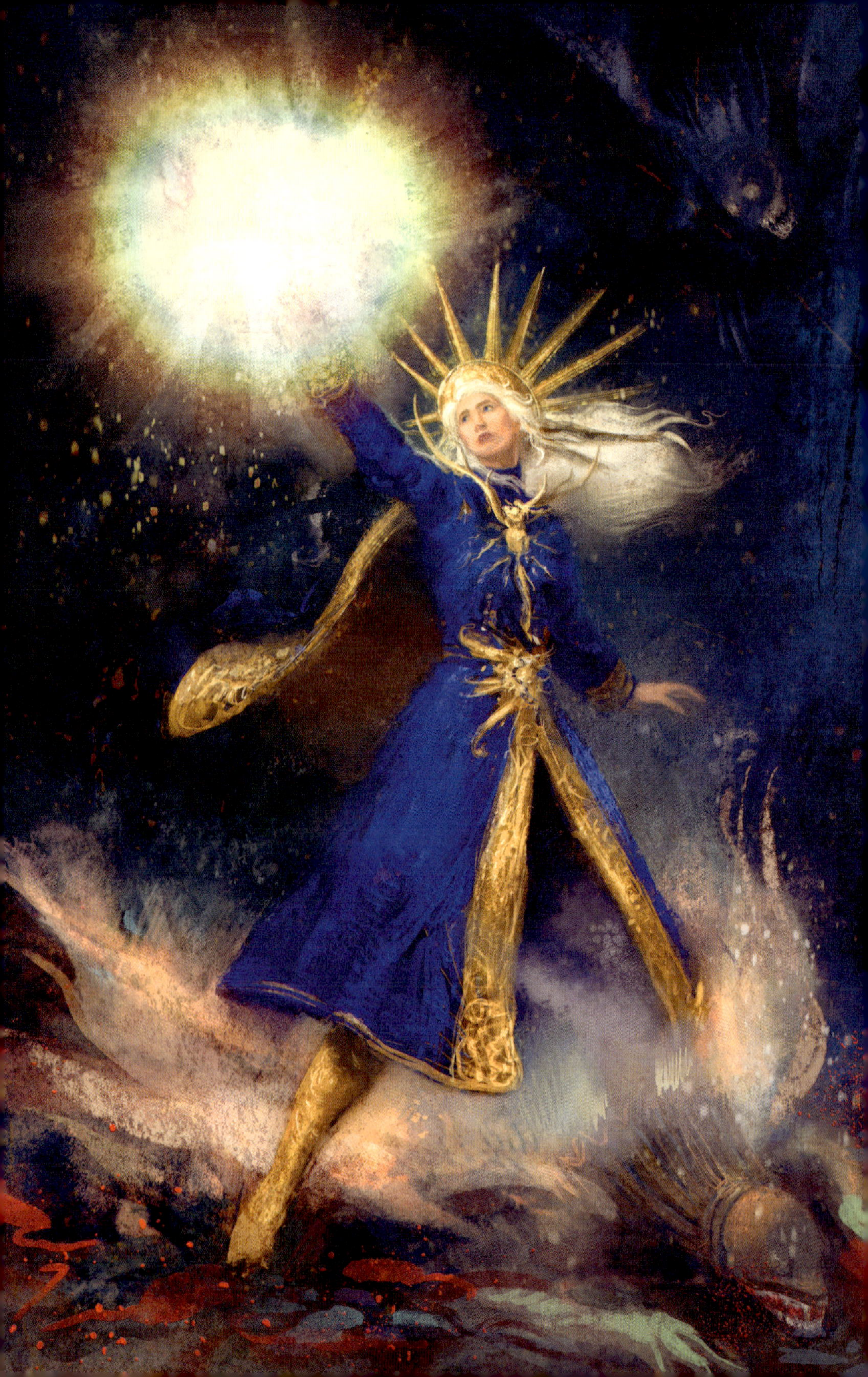

SANKTA ALINA
DA DOBRA

◆ ◆

Uma condessa perdera o marido em uma das muitas guerras de Ravka. Ele era um oficial de alto escalão e deveria ter ficado longe do perigo, mas, estimulado pela bebida, tinha saído em seu grande garanhão branco pelo front, provocando o inimigo e procurando briga. Em vez disso, recebeu uma bala na cabeça. Seu cavalo foi encontrado a muitos quilômetros do campo de batalha, pastando ao lado de um riacho tranquilo. O nobre também foi encontrado no mesmo lugar, morto havia muito, seu corpo pendendo da sela com um pé ainda preso num estribo.

A condessa enterrou o marido e, como era moda em certos círculos, decidiu converter sua casa de veraneio em um orfanato para as muitas crianças que se tornaram órfãs nos tempos de guerra. A casa foi pintada do tom mais pálido de damasco, a base do telhado e as janelas folheadas de ouro. Dos seus jardins de roseiras podiam-se ver um amplo lago, outras mansões elegantes pontilhando as margens e, a distância, as florestas densas dos baixos Petrazoi.

Os órfãos chegavam a esse lugar mágico cobertos de terra e piolhos, e aqueles das cidades fronteiriças traziam também fantasmas – lembranças de ataques noturnos, casas em chamas, mães e pais subitamente frios e calados. A bela casa no lago parecia um refúgio impossível cheio de boa comida e vigiado por uma bela nova mãe que limpava o rosto deles e os vestia com roupas novas.

É verdade que os órfãos tinham que trabalhar por sua comida, mas isso era esperado. A condessa não tinha criados, então cabia às crianças esfregar o chão, atiçar o fogo, cuidar do jardim, coser as roupas e preparar e servir as refeições. Elas não deveriam contar a ninguém sobre os serviços que faziam.

Uma vez por semana, a condessa vestia seus órfãos preferidos com roupas de veludo cor de damasco idênticas e eles subiam no barco elegante que ela mantinha atracado em seu cais privado. Então remavam até o centro do lago, onde todos os residentes das casas de veraneio elegantes se reuniam para beber champanhe e fofocar. As crianças cantavam mediante pedidos e falavam de suas vidas maravilhosas e mimadas quando perguntadas. "Como são sortudas!", diziam os amigos da aristocrata, e as crianças, desesperadas para agradar a nova mãe, concordavam.

Mas, de noite, encolhidas nas camas no dormitório, sussurravam umas às outras: *Tome cuidado, tome cuidado, ou mamãe vai levar você pro jardim.* Porque, quando uma criança a desagradava, cantava desafinado ou reclamava de fome, às vezes desaparecia no meio da noite.

— Pais amorosos vieram levar a pequena Anya! — a condessa disse um dia, quando Anya não foi vista em sua cama. — Agora, não me façam esperar pelo meu banho.

Klava não acreditava em nenhuma dessas palavras. Ela tinha acordado de noite, despertada por algum som, e ido à janela. Entre as rosas, vira a condessa carregando um lampião e conduzindo Anya pelo labirinto de sebes até uma porta no muro do jardim. Era por esse caminho que todos os órfãos desapareciam.

A verdade era que a condessa não tinha dinheiro – nem para manter seus criados ou sua casa, nem para alimentar uma dúzia de órfãos. Portanto, ocasionalmente, vendia uma ou outra criança a um comerciante de lã que fazia negócios regulares com Ketterdam, mercantilizando tanto bens legais como ilegais. Ela não sabia aonde as crianças iam e não se preocupava muito com isso. O comerciante parecia gentil e pagava bem.

A pequena Klava não sabia de nada disso, mas suspeitava que pais amorosos não se esgueiravam como ladrões para tirar crianças da cama e arrastá-las pela escuridão. E ninguém jamais entrava na casa de damasco, então, como alguém teria visto Anya ou as outras crianças e decidido levá-las embora? A menina tinha certeza de que o que quer que acontecesse além do muro do jardim não era nada bom.

O verão continuou se arrastando e o sol fustigava o terreno da casa de damasco, deixando as rosas marrons. A aristocrata se tornou cada vez mais mal-humorada conforme suava em seus vestidos. Levava os órfãos ao lago cada vez menos.

— Vocês são enfadonhos — ela dizia. — Por que meus amigos iriam querer vê-los?

Certa manhã, três novas crianças chegaram ao orfanato: dois irmãos e uma irmã, todos com cabelo loiro prateado e olhos verdes como folhas.

— Como são parecidos! — exclamou a condessa, feliz pela primeira vez em semanas. — Como bonequinhos. Temos que encomendar roupas novas para vocês e levá-los para o lago.

Klava observou a condessa voltar seu olhar gélido para os outros órfãos – as crianças entediantes e cansativas que não faziam nada além de comer sua comida e decepcioná-la. A garota soube que era hora de fugir.

Naquela noite, quando a casa estava escura e silenciosa, ela contou aos outros órfãos que pretendia fugir da casa da aristocrata.

— Aonde você vai? — eles perguntaram. — O que vai fazer?

— Vou arranjar um trabalho — respondeu Klava — ou viver nos bosques e comer frutos, mas não vou esperar que ela me faça desaparecer. Só preciso chegar ao outro lado da floresta. Há uma fazenda antiga lá e uma viúva que conhecia meus pais. Ela vai me ajudar.

Klava insistiu que os outros a acompanhassem. Avisou às crianças novas e bonitas que a condessa um dia se cansaria delas também. No fim, ficou decidido que todos tentariam fugir.

Os órfãos saltaram pela janela, um por um, vestidos nas roupas de veludo damasco e enrolados em seus cobertores. Foram até o lago e subiram no barco, remando-o pela água até os bosques. Mas, quando estavam alcançando as árvores, ouviram gritos de alarme e o latido de cães. A condessa descobrira que eles tinham fugido.

As crianças correram para o meio dos bosques, a noite fechando-se ao seu redor conforme ramos rasgavam suas roupas e espinhos perfuravam sua pele. Klava seguiu em frente, com o coração martelando e lágrimas nos olhos, certa de que não haveria misericórdia se eles fossem pegos e aterrorizada com a ideia de que tinha condenado seus amigos – pois a escuridão agora era impenetrável e ela sabia que estava perdida. Eles nunca chegariam ao outro lado da floresta. Nunca encontrariam a fazenda e a salvação.

Entre arquejos, ela rezou a Sankta Alina, a garota desafiadora – e também órfã – que tinha afastado a escuridão da Dobra e unificado Ravka.

— Alina, a Luminosa — ela sussurrou —, filha de Keramzin, destruidora de monstros, salve-nos.

Nenhum som veio em resposta, nenhuma palavra gentil de orientação, nenhum coro de trombetas para conduzi-los. Mas os órfãos viram um lampejo de luz por entre as árvores – violeta e azul, vermelho, verde e dourado: um arco-íris na noite.

Klava seguiu o arco brilhante através da escuridão até a fazenda, onde os órfãos bateram à porta da casa e acordaram a viúva idosa que morava ali. Ela ficou surpresa mas contente de ver Klava, e acolheu a todos. Escondeu os órfãos no porão e, quando a condessa chegou com seus cães, disse que tinha dormido profundamente e não vira ninguém a noite toda. A condessa, é claro, tinha total liberdade de vasculhar a propriedade.

Os cães ganiram e a aristocrata vociferou, mas os órfãos não estavam em lugar algum. A condessa foi obrigada a voltar para sua casa de veraneio vazia e, sem o trabalho dos órfãos, o lugar logo caiu em ruínas, as roseiras se aproximando cada vez mais até que tinham consumido a casa por inteiro. Dizem que a condessa ficou presa lá dentro e se tornou mais espinhos do que mulher.

Alguns dos órfãos partiram da fazenda para fazer fortuna em outros lugares, mas Klava ficou para ajudar a viúva a arar seus campos e toda noite rezava a Sankta Alina, santa padroeira dos órfãos e dos que possuem dádivas desconhecidas.

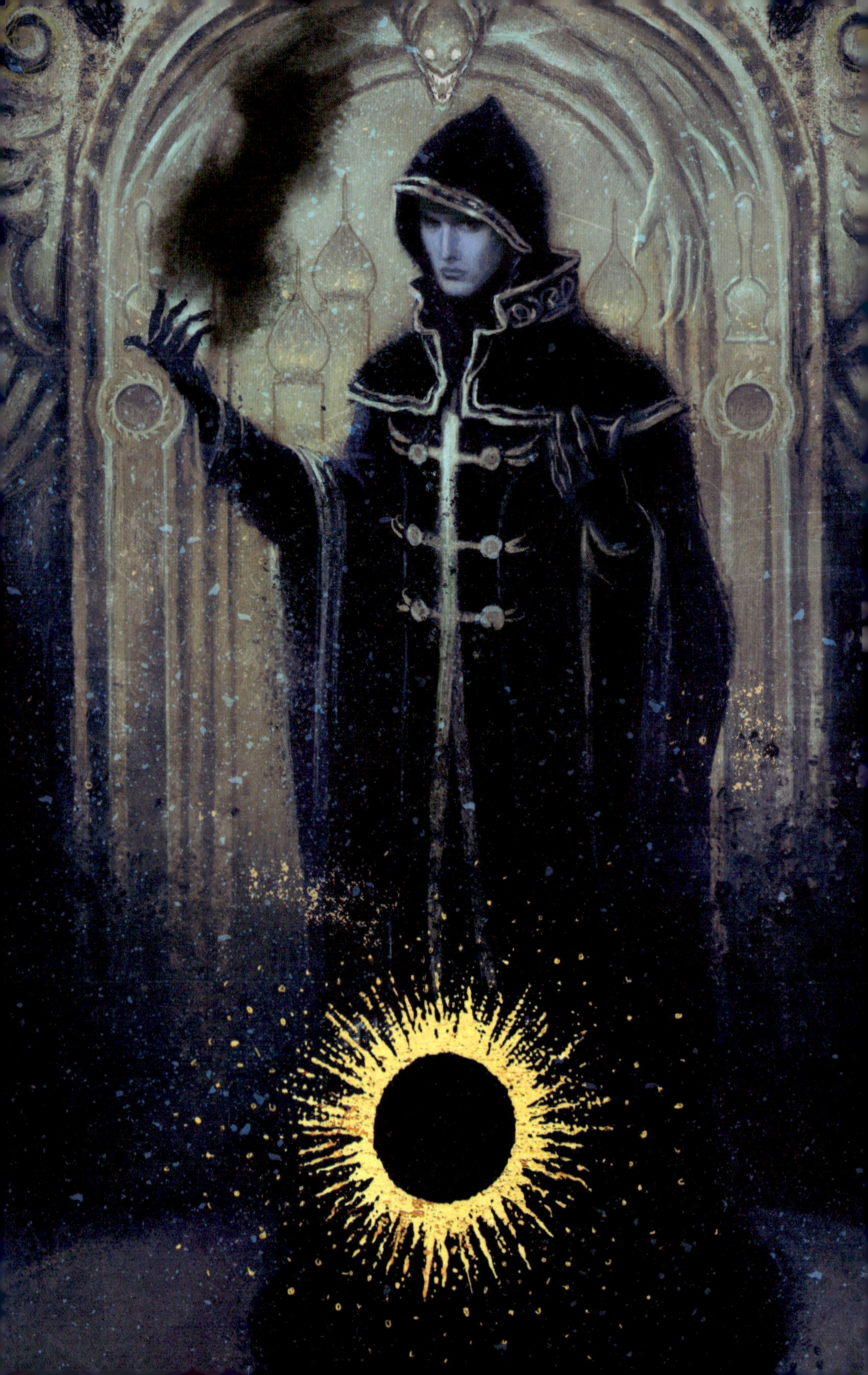

O SANTO SEM ESTRELAS

Um jovem morava em Novokribirsk, na fronteira da Dobra das Sombras. Seu nome era Yuri, e seus pais o tinham mandado viver com o tio nessa cidade, onde podia trabalhar nas docas secas e obter seu sustento. Verdade seja dita, eles ficaram aliviados ao ver o filho excêntrico encontrar trabalho. Yuri aprendera a ler sozinho e parecia mais feliz quando estava em comunhão com os textos que emprestava de qualquer pessoa disposta a ceder-lhe um livro. Por mais que os pais não vissem problema em falar de mitos, fábulas e contos do passado, nada disso pagaria o aluguel e eles temiam que Yuri lesse tanto que acabasse num monastério, deixando-os à mercê do tempo e da velhice.

O trabalho em Novokribirsk não combinava com Yuri. Ele era alto, mas magro como um broto de salgueiro. Sua visão era ruim e ele sempre fora desajeitado. Os homens fortes que trabalhavam nas docas secas — construindo e consertando esquifes de areia, carregando e descarregando as embarcações — zombavam da falta de jeito de Yuri, dos chiados de seu peito frágil, das lentes embaçadas dos seus óculos.

Não teria sido tão ruim se o tio de Yuri tivesse um pouco de paciência ou gentileza, mas ele era o pior de todos. Quando o rapaz derrubava uma caixa ou ficava para trás dos outros trabalhadores, o tio o estapeava atrás da cabeça.

Quando as preces murmuradas de Yuri o incomodavam, estendia um pé para que o jovem tropeçasse. Em casa, as mãos do tio com frequência se tornavam punhos fechados. Ele ria quando Yuri ia à igreja aos domingos e dizia que os santos não tinham interesse num homem incapaz de trabalhar por seu sustento.

Mas Yuri sabia que os santos observavam. Toda manhã e toda noite, rezava aos santos e jurava venerá-los a vida toda se o libertassem da crueldade do tio e o deixassem dedicar sua vida aos estudos. Durante as longas horas de labuta nas docas, ele sussurrava salmos e preces para si mesmo e, na grandiosa capela de Novokribirsk, tentou aprender ravkan litúrgico. No silêncio da pequena biblioteca da igreja, ele se perdia em histórias antigas dos santos, seus dedos virando as páginas em um tipo de meditação enquanto as sombras se esgueiravam sobre seus ombros.

Certa vez, Yuri tinha mergulhado tão profundamente no conforto das palavras que não percebeu que a noite caíra e sombras tinham se empoçado ao redor de seus pés. Correu para casa, mas se atrasou para pôr o jantar na mesa e o tio o espancou até que os punhos estivessem cansados.

Pela manhã, Yuri não conseguiu erguer-se da cama. Seus olhos estavam tão inchados que quase não se abriam, e seu corpo dolorido parecia ter sido costurado por uma mão desleixada, os pontos repuxando em cada junta. O tio saiu para o trabalho nas docas e jurou que, se Yuri não o encontrasse lá, outra surra o esperaria naquela noite. Yuri sabia que não sobreviveria.

Ele se arrastou pelo chão e forçou-se a se vestir e comer um pouco de mingau. Foi mancando pela rua até a praça central. Sabia que tinha que se manter em movimento, mas, quando tentou reunir forças apoiando-se na fonte no centro da cidade, ouviu uma voz sussurrar: *não vá.*

Ele não sabia se a voz era real, mas não conseguia dar mais um passo sequer.

Meu tio vai me encontrar, ele pensou, *e eu vou morrer aqui.* Pois ele sabia que ninguém interviria. Nunca intervinham. Nos longos meses que Yuri passara em Novokribirsk, as pessoas sempre tinham virado o rosto, fingindo não ver seus hematomas ou ouvir seus gritos. *O velho é inofensivo,* elas diziam. *Alguns rapazes precisam de mais disciplina que outros.*

Yuri olhou para a rua onde ficavam as docas secas, a Dobra como um muro alto de sombras fervilhantes além dela. Tinha que se mexer, mas novamente ouviu a voz dizer-lhe: *não vá.*

Foi aí que as sombras pareceram se mover. A Dobra agitou-se e inchou-se como se reunisse fôlego e então precipitou-se na direção dele, uma parede de escuridão. O breu engoliu as docas secas e os prédios além, inundando as casas de Novokribirsk. Yuri ouviu gritos por todos os lados, mas não teve medo.

A maré de sombras avançou até os dedos das botas de Yuri e ali parou. Ele podia ouvir o choro das pessoas presas na Dobra, sua agonia intensa enquanto eram destroçadas por volcras. Perguntou-se brevemente se estaria ouvindo o tio... Em seguida, caiu de joelhos e agradeceu à escuridão.

Naquele dia, metade de Novokribirsk foi perdida quando o Darkling expandiu a Dobra. Muitos amaldiçoaram o homem responsável por esse ato cruel e celebraram sua morte quando ela enfim ocorreu. Mas há outros que ainda o veneram, o Sem Estrelas, santo padroeiro dos que buscam a salvação nas trevas.

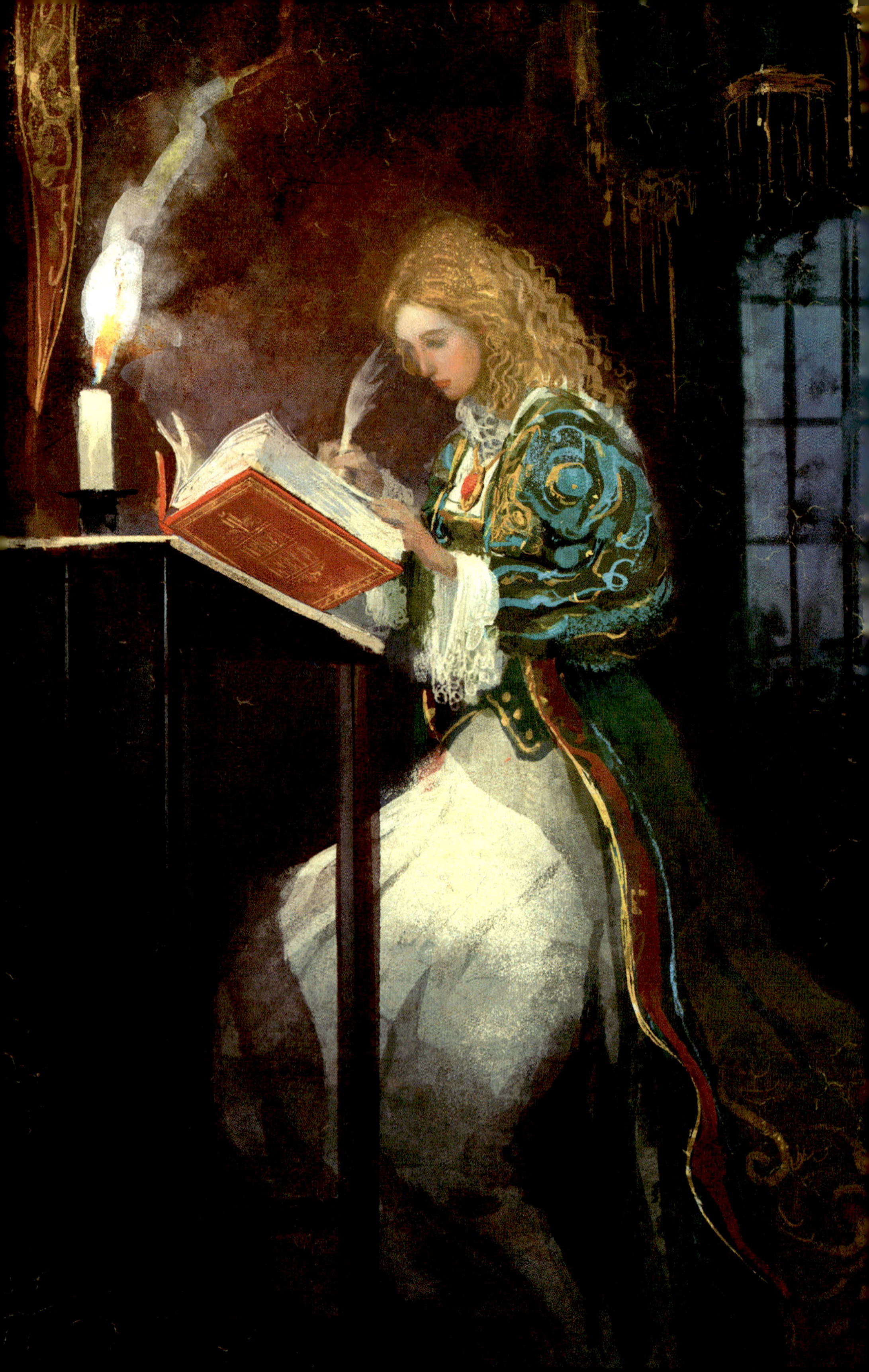

SANTO DO LIVRO

Eu não me lembro de minha própria história.

Posso ter dormido em um celeiro ou em uma cama de penas.

Posso ter comido de pratos prateados ou roubado restos da cozinha.

Posso ter usado sedas puídas de verão e joias no cabelo.

Ou talvez eu tenha caminhado descalço e cavado a terra em busca de raízes, ouro, abrigo. Não me lembro. Houve histórias demais no meio-tempo, milagres e martírios, muito sangue derramado e muita tinta. Houve uma guerra. Houve mil guerras. Eu conheci um assassino. Eu conheci um herói. Talvez eles fossem o mesmo homem. Lembro-me apenas de como caí nos livros para nunca mais sair de suas páginas, e como nunca estive verdadeiramente desperto até começar a sonhar com outros mundos.

Agora eu vago, perdido entre as estantes. Minha mão se contrai dolorosamente ao redor da caneta. Eu acumulo poeira. Mas alguém tem que registrar as palavras, colocá-las na ordem correta. Eu sou a biblioteca e o bibliotecário, amealhando vidas, um catálogo para os fiéis.

Apaguem meu nome. *Indelével* é uma palavra para histórias.

**Acreditamos
nos livros**

Este livro foi composto em Perpetua Std, LHF
Encore e Minion Pro e impresso pela Geográfica
para a Editora Planeta do Brasil em outubro de 2021.